W9-CDI-716

Everything you always wanted to know about the man behind the music:

- His childhood in Puerto Rico
- His introduction to fame in the supergroup Menudo
- His smashing Broadway debut
- Behind-the-scenes action on *General Hospital*
- His triumphant night at the Grammy® Awards
- Details of his latest album
- Up-close, personal details
- 8 pages of color photos

Most Berkley Boulevard Books are available at special quantity discounts for bulk purchases for sales promotions, premiums, fund-raising, or educational use. Special books, or book excerpts, can also be created to fit specific needs.

For details, write: Special Markets, The Berkley Publishing Group, 375 Hudson Street, New York, New York 10014.

Ricky Martin

Livin' the Crazy Life
(Livin' la vida loca)

KRISTIN SPARKS

Spanish translation by Rodrigo J. Aguilar
and Rodrigo E. Alvarez

BERKLEY BOULEVARD BOOKS, NEW YORK

If you purchased this book without a cover, you should be aware that this book is stolen property. It was reported as "unsold and destroyed" to the publisher and neither the author nor the publisher has received any payment for this "stripped book."

RICKY MARTIN: LIVIN' THE CRAZY LIFE

A Berkley Boulevard Book / published by arrangement with
Aladnam Enterprises, Inc.

PRINTING HISTORY
Berkley Boulevard edition / August 1999

All rights reserved.
Copyright © 1999 by Aladnam Enterprises, Inc.
Cover design by Elaine Groh.
Cover photograph by A.P.R.F./Mouillon/Shooting Star®.
This book may not be reproduced in whole or in part,
by mimeograph or any other means, without permission.
For information address: The Berkley Publishing Group, a
division of Penguin Putnam Inc., 375 Hudson Street,
New York, New York 10014.

The Penguin Putnam Inc. World Wide Web site address is
http://www.penguinputnam.com

ISBN: 0-425-17326-7

BERKLEY BOULEVARD
Berkley Boulevard Books are published by The Berkley Publishing Group,
a division of Penguin Putnam Inc., 375 Hudson Street,
New York, New York 10014.
BERKLEY BOULEVARD and its logo
are trademarks belonging to Penguin Putnam Inc.

PRINTED IN THE UNITED STATES OF AMERICA

10 9 8 7 6 5 4 3 2 1

Contents

Acknowledgments   vii

1 *La Copa de Ricky!*   1

2 Ricky, Before He Was Ricky   10

3 Menudo! Menudo!   18

4 Ricky Martin, Solo   24

5 Ricky on *General Hospital*   32

6 Ricky on Broadway   36

7 The Breakthrough Album: *A Medio Vivir*   46

8 One Step Beyond Greatness: *Vuelve*   52

9 Ricky Around the World   64

10 "La Copa de la Vida"   70

11 Ricky's Great Sadness   73

12 Ricky's Romantic Life   77

13 The Spiritual Ricky   84

14 Ricky's Videos   87

15 The English Album   93

16 The Roots of Ricky Martin's Music   97

17 Ricky Martin Vital Statistics   108

18 Ricky Now—and Tomorrow!   113

Information   120

Acknowledgments

Thanks very much to Jimmy Vines and Ali Ryan of the Vines Agency, Cindy Hwang of Berkley, Joe and Ellen Donohue, Martha Bayless, and the several *General Hospital* fans who helped me with that chapter. Thanks very much to Ricky Martin fans all over the world who helped me research this book. Thanks also to Rodrigo Aguilar and Rodrigo Alvarez, the Spanish translators, of *El Latino de Hoy*, The Latin-American Newspaper of Oregon.

And special thanks to Chris York!

La Copa de Ricky!

He was so hot!

In the world of music, one of the year's most exciting events is the Grammy Awards. Musicians from around the world are rewarded there for their songs and performances released on CDs, tapes—and yes, vinyl records. Traditionally, nominees also sing their songs for the theater audience—and for the millions of viewers tuned in around the globe.

His name was Ricky Martin, and he performed "La Copa de la Vida." He sang and danced with a verve and talent that made the world sit up and take notice.

Ricky Martin was up for Best Latin Pop Performance. He took the stage with fire and presence and immediately owned it, turning in a stunning performance of pure Latin intensity and fun that earned him a standing ovation.

"Ricky Martin's performance of 'La Copa de la Vida' was, by general acclaim, the best thing in the show," noted the April 15, 1999, issue of *Rolling Stone* magazine.

"He was happy to be there and he was enjoying himself," the rock star Beck noted in the same issue. "He wasn't over it, and people responded."

And a very important person responded.

Madonna took time from her *Ray of Light* spiritual trip to get warm enough under the collar to become the Material Girl again.

"The evening's most magnetic moment," reported *Entertainment Weekly*, "was ex-Menudo singer Ricky Martin's high-voltage showstopper, 'La Copa de la Vida' . . . In fact, the salsa sensation impressed Madonna so much she unexpectedly hopped onto a backstage platform and kissed him. 'I had to sneak up on him,' she later said. 'He's so cute.' "

Ricky was cute indeed in his newly short hair, a pullover Armani shirt, and tight black leather pants.

Interestingly enough, Ricky once sang that song to an even bigger audience.

"La Copa de la Vida" (The Cup of Life)—by Robi Rosa, Desmond Child, and Luis Gomez Escolar—was the official song of the 1998 World Cup in July. It is estimated that as many as two billion people watched Ricky sing the catchy and thrilling tune before they watched France and Brazil play soccer.

(Ricky was rather hoping his Latin cousins from Brazil would win, but instead France pulled a surprise upset. Oh well. Ricky did win Best Latin Pop Performance at the Grammys!)

You have to understand that many Americans in the TV audience had never heard of this guy. True, he's been in showbiz since he was six and singing since he was twelve. And he's also been on American television for years. He's sold fifteen million albums around the world. The sad truth is that many Americans don't know a lot about what's going on in the rest of the world.

Including yours truly.

Who is this guy? I asked.

And so I started doing some research, buying CDs and videos, and searching for facts.

This is the riveting story of a great singer, performer, and actor who has already stolen millions of female hearts and is destined to conquer many, many more soon in the United States.

More important, it is a portrait of a fascinating and soulful man.

Who exactly is Ricky Martin?

A MARVELOUS PERFORMER

Once or twice in every generation, a performer comes along of such astonishing talent and deep sensuality and personality that he connects with audiences around the world, despite language barriers.

Such a performer is Ricky Martin.

"You don't need to know a word of his tongue to appreciate the poetry of his performance," points out rock critic Barry Walters in *Rolling Stone*, in a review of *Vuelve*, Ricky's fourth album.

Amazingly, that same issue points out that sales of *Vuelve* bumped up 470 percent after the Grammys. "The career-clenching Grammy broadcast of his World Cup anthem, 'La Copa de la Vida,' has already inspired formerly unaware Americans to pay attention in advance of his first English-language album, due later this year."

That album is out now, of course, and is riding high

on the charts. Ricky Martin's USA tour at the end of 1999 can only make him more popular, right up to the level of other breakthrough Latin performers such as Gloria Estefan, Selena, and Ricky's idol and occasional professional adviser Julio Iglesias. Indeed, Ricky's musical involvement with Madonna, Janet Jackson, and other international longtime stars can only signal that he is headed for their heights—if he hasn't already achieved it.

Wait a sec. Let's slow down a moment. The salsa music that Ricky's playing now is getting things too hot, bothered, and confused. (At one time, as a pure pop performer, he wasn't sure that he'd be able to do salsa as well as, say, his friend Ruben Blades. However, time has proven him wrong and the rich sounds of the Latin soul have borne him up with their eternal power.) Let's slow down and take a quick look at Ricky Martin. We'll get into his biography more deeply later, but before that, you need to know a few quick facts.

A Quick Sketch

Ricky Martin's real name is Enrique Martín Morales. He was born in Hato Rey, Puerto Rico, on December 24, 1971. Of all the different music he embraces, the Puerto Rican tradition is the closest to Ricky's heart and he swears that no matter what direction he heads musically, he will not stray too far from the rhythms and feelings of his homeland. (''My house is in Miami,'' he has said. ''My home is in Puerto Rico.'')

Ricky has always shown a lively desire to perform. When he announced to his parents that he wanted to be a star, they did not hinder him. He started appearing in television commercials in San Juan and kept at his craft with singing and acting classes. His parents divorced, alas—but each helped Ricky continue to realize his ambition.

"My childhood was very healthy," Ricky reports on the Sony Official Ricky Martin Web site. "[I was] near to my parents, who were divorced. I did whatever I wanted. I lived with my mother if I wanted to be with her; and my father in the same way. I had the same affection for both of them. I always went to Catholic schools."

It didn't take long for the youngster's ambition to come into focus. From a very early age, Ricky knew what he wanted: to be a member of the Latin pop sensation Menudo. This Latin phenomenon was a kind of manufactured Jackson Five of young boys, singing and dancing catchy tunes, and enjoying varying degrees of success over the years. Ricky knew he had a chance because when a Menudo boy got too old, he was replaced by a younger boy to keep the age group right.

It took a few auditions, but finally, at the age of twelve, Ricky became a member and achieved much popularity, touring many countries around the world and recording many albums. During that time he continued his education with tutors from the Department of Public Instruction of Puerto Rico. He finally left the group at the age of seventeen to seek his own fortune not as a boy, but as a man.

Ricky spent time in New York City. He'd intended to head into acting, but found it necessary first to have a little time for himself to mature and find himself as a person before he continued as an artist.

When he decided to surface from this much-needed rest, he found that Mexico, where Menudo had been quite popular, had not forgotten him at all. His dream of being an actor was made easier by the fact he was a singer. In

Mexico, "everything that I did in acting had to do with music. I participated in a soap opera where I also sang the theme song; and I acted in a show called *Mom Loves Rock* and that fascinated me."

It was at the end of this time in Mexico that Ricky launched his solo career with the album *Ricky Martin*. He was also in the group Muñecos de Papel, which drew large crowds of fans.

Despite his success as a solo artist, Ricky was always open to new challenges, and he received a huge one very soon. It was on the famous daytime soap opera *General Hospital*, where he played a hugely popular character named Miguel Morez, that Ricky became known to English-speaking North Americans.

Once an orderly, Miguel had become a bartender in the famous fictional city of Port Charles. He's also a Puerto Rican singer (quite a stretch for Ricky!) with a mysterious past. When Ricky left the show after three years, such was Miguel Morez's popularity that the door has always remained open for his return.

However, Ricky left for two important reasons.

One was that he'd never really ceased his solo career. After the initial popularity of the album *Ricky Martin*, he continued onward with *Me Amaras*. Latin audiences had immediately catapulted him to stardom in their countries with his first album, and the second album pushed that fame further.

"Little Judy" of LAMUSICA.COM says it best on her excellent Web site. She became interested in Latin pop in 1991 thanks to Sunday evenings spent enjoying it on TV with her Latin neighbors. "Out of the endless parade of handsome faces singing syrupy ballads and glitzy pop tunes, Ricky Martin caught my interest. He possessed what some call 'star quality' and some call 'it' . . . a rare energy and ability to communicate with the audience.''

Ricky was truly on his way to stardom as an individual performer, both in singing and acting, yet always there was the question of whether he would ever do a reunion album with Menudo. Typical of his responses to this question was this quote from an America Online chat in 1996. ''Menudo was a great experience and a great beginning,'' said Ricky. ''The best school possible. But now my dreams are different and I'm doing everything I can to realize them. Today I would say no, but then again in the future . . . you never know!''

But there was another more immediate reason why Ricky Martin left *General Hospital*.

Ricky's dreams always included acting and singing on Broadway and he made no secret of it. When a producer of the giant hit *Les Misérables* heard this, he contacted Ricky.

Ricky appeared for three months in the role of Marius, an important character in the show. Critics and audiences alike approved of his acting, his singing—and his ability to connect with an audience.

''I believe that my theatrical debut in New York could not have been more interesting,'' Ricky says on his Sony homepage.

This was in 1996. The year before, Ricky had released his third solo album, *A Medio Vivir*, which included a song, ''Maria,'' that became a hit in many countries beyond Ricky's already conquered Spanish and Portuguese base. Ricky toured widely, increasing his popularity with his electrifying stage show.

In 1997, Ricky added his voice to the Spanish version of Disney's animated feature *Hercules*, in which he played the title role—also, of course, singing the songs.

Each of his albums had been better than the last, yet despite this constant development, the world—Latin or otherwise—was not prepared for the release of the break-through *Vuelve*. Sung entirely in Spanish (okay, except for the "Go! Go! Go!'s" in "La Copa de la Vida"), this album punched through to the hearts of millions around the world and sold more copies than the previous three put together. With the help of Robi Rosa and Desmond Child, Ricky had put together a superb album of songs of international feeling, using classic rock elements mixed with passionate pop singing and Latin rhythms.

Now, with his English-language album (well, not en-tirely English—there are two songs in Spanish, a tribute to his roots) astonishing the world anew, Ricky Martin has become a star who refuses to rest on his laurels, but insists on continuing to grow.

This is the kind of star who will continue to touch people and bring pleasure to their lives for decades.

Ricky is still single. He leaves the door open for an important woman in his life, but at the moment his big devotion is his career.

"It's scary when I fall in love," he says in an article that appeared on an Asian Web site, "because I give everything. Instead of finding someone that would be a shadow in my career, I would want to find someone that would motivate me and help me go on, [someone] to give me ideas."

Have you got any ideas for Ricky Martin, fans?

THERE'S MUCH, MUCH MORE TO KNOW

What you have just read are only the general facts. They are the sort of things you read in a quick bio.

They make the life of young Ricky Martin seem easy and without troubles or challenges, an obstacle-free trajectory to celebrity and stardom.

His songs and performances stand alone as proof of his talent. But what is the real story—the in-depth facts that lie behind this rise of a superstar? What have been Ricky's hurts and tragedies, his joys and ecstasies? What are the little details about his life that can make his fans feel as though they were closer to this giant talent?

That's my goal with this book.

My hope is that by the end, you have an even greater appreciation of this remarkable man than you may have now.

So get ready, because I'm going to bring you much, much closer to Ricky Martin!

2

Ricky, Before He Was Ricky

Ricky Martin has lived in the Hollywood Hills of Los Angeles and other parts of the world. He now has a glamorous house in Miami, with pop star Madonna as a neighbor.

However, I've said it before and I'll say it again, although Ricky may live elsewhere, he always considers Puerto Rico his home.

What's his favorite thing about Puerto Rico?

"Besides beautiful women, beautiful beaches, great food, great hotels, beautiful weather . . ." he said, answering this question on an AOL chat. "I don't know, what else?"

In a way, in the Ricky Martin story, the spotlight is as bright on the land of his birth as it is on him, because Puerto Rico created him and he steadfastly insists on reminding the world of his origins, not merely through his words and his loyalty and his language, but through his music.

But what—and where—is Puerto Rico?

When Enrique Martín Morales was born in Hato Rey on Christmas Eve of 1971, he became a native of a land of rich cultural heritage and a most unusual history.

Ricky's homeland is an island north of the Caribbean Sea and south of the Atlantic Ocean, part of a series of islands known as the West Indies. The U.S. Virgin Islands lie to the east and the Dominican Republic is to the west.

Its official name is the Commonwealth of Puerto Rico, because although it is associated with the United States, it is not a state.

Puerto Rico is an island of over three million people. Its weather is warm in the winter and warmer in the summer. During the hurricane season, July to October, it rains frequently. It is lush and tropical in places with balmy breezes and delicious fruits, and the smells of its rich soil and beautiful surrounding seas are wonderful.

Puerto Rico is quite mountainous, with a broken coastal plain. Its main cities are its ports of San Juan (where Ricky grew up) and Ponce.

How, you may ask, did Puerto Rico get to be a part of the U.S.—and yet not be a state?

It's a long story.

Christopher Columbus discovered Puerto Rico over five hundred years ago on November 19, 1493. He called it San Juan Bautista (Saint John the Baptist). The Indian inhabitants had called it Boriquen. Columbus claimed the island for Spain, and the Spanish called its main port Puerto Rico ("Rich Port"). The Spanish either drove the

Indians away or subdued them. However, some escaped to the mountains and later intermarried with Europeans and other races over the centuries.

Puerto Rico was an important island strategically, because of its geographical position, and Spain fortified it with military forces. It had a long history under Spanish domination, long and generally peaceful despite a few uprisings. The Spanish colony produced sugar, tobacco, cotton, cacao, and indigo.

By the end of the nineteenth century, although its population was largely Spanish speakers, Spain had all but given Puerto Rico its independence. In 1873, slavery was abolished. In 1897, Puerto Rico had its own government.

Then the Spanish-American War occurred.

Although shots were fired between the American fleet and the defenders of San Juan, and some skirmishes occurred between the defending Spanish forces and the Americans, no major battles were fought in the war.

However, the U.S. won the war, and Spain gave Puerto Rico to the United States on December 10, 1898.

Although Puerto Rico had become an American colony and was ruled by a military government headed by Americans, the United States was more interested in the island's strategic location than in reaping any real financial gain from it. In fact, the colonization of Puerto Rico led almost immediately to the digging of the Panama Canal and other American work in Central America.

Indeed, Puerto Rico was experiencing hard economic times and was helped by the U.S. The Foraker Act created duty-free trade between the island and the U.S. It also made its citizens exempt from any U.S. taxes.

Puerto Rico has had the opportunity to vote to become a full state of the U.S. However, the population, self-governed now, has always declined.

As a Puerto Rican, Ricky Martin was born an American citizen. However, although he does not pay U.S. income tax (as far as I know), he also does not have the privilege to vote in American elections.

YOUNG RICKY

Ricky was born at five o'clock in the afternoon of December 24, 1971, even as the mostly Roman Catholic population of Puerto Rico prepared for their Christmas celebrations and were wishing their family and neighbors and family a "Merry Christmas" or "Feliz Navidad."

Enrique Martín was his father, and Nereida Morales de Martín was his mother.

According to the birth certificate, Ricky was "Enrique José Martín Morales," but his family called him "Kiki."

"That Christmas Eve I received one of the most beautiful Christmas gifts that God has sent me," Nereida Morales told David de la Torre for his Spanish book *Ricky Martin: La Historia Verdadera* (1997). "A little angel smiled innocently in my arms."

The weeks before had not been easy for Kiki's mother, however. For two months she had been confined to bed, which was difficult for her since she was just as active and energetic as her son came to be and she could not work at her bank job. Also, Ricky arrived early.

Ricky's parents already had two boys. They had hoped for a girl, but were quite happy with Ricky.

"The first time I saw him I cried," Nereida says in the May 1994 issue of *Cristina la Revista*. "I thought that he was a gift that God had sent for Christmas Eve. Our entire family celebrated his birth and made a toast (me with water, of course). That's why my mom has always said that this child was born with blessings and that he was going to do something important with his life.''

Ricky had a healthy, happy childhood, playing with his half brothers (his mother's sons) Angel (''Pucho'') and Fernando. (Later he got three more siblings when his parents had children in other marriages—Eric, Daniel, and Vanessa.)

When Ricky was two years old, his parents divorced. Although his parents shared custody of Kiki, this separation was to cause trouble later on. Fortunately, however, Ricky felt no lack of companionship and support from both of his parents throughout his childhood.

Ricky showed his independence at a very young age. For example, one day he and his mother were out shopping. One moment Kiki was by his mother's side. The next he was gone. This was one of the worst experiences of his mother's life. However, minutes later she found him outside—safe, and looking into the window of a toy store.

Kiki had a hard time with first grade. When his mother left him there, he cried constantly. The teachers thought they might have to allow him to enter school the following year, but his mother took time off work to help him with the separation. She sat in a park across from the school so that Kiki could look out the window at any time and see that she had not abandoned him. Soon, however, Kiki's famous love for other people came into play, and he became attached to his teachers.

Right from the start, Ricky was fascinated with performing. He loved television and movies and singers and often tried to imitate the artists he saw.

Kiki knew what he wanted, and his parents both encouraged him to follow his dreams.

"When I was six I said to my dad, 'Dad, I want to be an artist!' Well, of course he didn't know what hit him. 'Where did you get that idea?' Then he said, 'If you want to become an artist, how can we get you there?' " Ricky informs us in *Hikrant* magazine.

Enrique Martín, Ricky's father, is a psychologist. His mother is an accountant. Both fields were far from show business.

"They both wanted to give their son everything he wanted," Ricky continued in that interview. " 'No problem, I'll handle it,' I said, as opinionated six-year-olds do. My dad took me to a modeling agency. At age seven I did my first commercial for TV."

At this time he lived with his mother during the week and spent his weekends with his father, who was working hard at an important job with the Puerto Rican government. His mother was working just as hard as an executive secretary and administrator at an insurance company.

Kiki received much notice for the soft-drink commercials in which he appeared and he also began acting in the theater. He was not only a dynamic actor who loved attention, he was also a very good-looking boy, which helped further his ambitions.

Two television shows had a particular effect on young Kiki.

One was called *El Chavo del Ocho,* a comedy.

The other, more significantly, was called *La Gente Joven de Menudo.*

Menudo.

Kiki had heard these guys before they had a TV show. Their songs were always playing on the radio. The show was a variety show, and it was the most popular show in Puerto Rico.

Most Latin Americans, of course, know who Menudo is. Many young Americans, though, may not.

Can you say "boy band"?

Well, let's just say that Menudo was a Latin American boy band, created by a producer and given songs to sing, much as the Jackson Five had been—or Backstreet Boys are now. The significant difference with Menudo was that they were indeed boys. None was much older than fifteen or sixteen, and seventeen was the absolute top age any member of the group could reach before he had to leave. They sang, danced, and became known as the "Miracle of Puerto Rico."

Young Kiki became obsessed with them.

"I remember that I had just one dream in life," Ricky says in the book *Ricky Martin*. "And that was to belong in Menudo. I was enchanted by the songs, their dances, the public recognition, the applause, and the demonstrations of love by the people for each one of the members. Each of these things injected me with the desire to be one of them."

When the most popular member of the group, Ricky Melendez, had to leave because of his age, the managers announced auditions at their office. Kiki begged to be allowed to audition. He got his wish, but found himself competing with almost six hundred other boys! Kiki did not get the job.

Or so he thought at first.

In reality, the Menudo folks had liked Kiki very much—they just thought he was too young looking . . . and above all, too short!

Kiki was determined, though. He worked hard at school, practiced singing and dancing—and when he could, he played basketball to keep himself in shape. His mother took him to a doctor who assured them both that he would grow taller and fill out eventually. (And look at him now . . . six-foot-one!)

Then Kiki got another chance. Sometime later the twenty or so hopefuls the producers had liked best were called back in to audition once again. Kiki came dressed differently and worked hard in front of the judges.

Alas, his height was still a problem, but now that he knew he would grow, he was not bothered.

There was yet another audition.

"My parents were very supportive, but they weren't the typical stage parents," Ricky asserted on an AOL chat. "My first audition I took my bike and I showed up. I came back home, telling my parents that I was leaving to be an entertainer. I was eleven years old at the time. They started laughing and then they started crying."

Ricky must have been referring to that first audition for Menudo, because by the time the third audition rolled around, he was twelve years old.

One day, sometime after that audition—an audition at which Kiki had done his very best—he got a message from the managers of Menudo.

3

Menudo! Menudo!

According to the 1997 Spanish-language biography, *Ricky Martin: La Historia Verdadera*, the message that Kiki received was: "Present yourself with your father to sign the contract tomorrow because you have been selected to be a part of Menudo."

Kiki, who had been eating with his parents when the message arrived, suddenly could not finish his meal. All the rest of the day he wasn't a bit hungry.

Menudo!

His goal in life!

He'd done it!

To say he was thrilled would be too mild a term.

Let's take a look at exactly who and what Menudo was—and is—to get an idea of how important the group was. And where Ricky Martin fit into the whole thing.

• • •

Menudo is a well-known spicy Mexican soup.

This was not why Menudo was called Menudo.

There are other meanings for *menudo*, but the one that counts the most is "little."

Or even "small change."

After twenty-two years the group Menudo is regarded as one of the most amazing music acts in the history of Latin America. They've sold close to thirty million albums and are known around the world.

Menudo was created in 1977 by Edgardo Diaz in Puerto Rico.

Doubtless Diaz had heard of manufactured rock groups like the Monkees. What he wanted, though, was to have a group of singers and dancers more like the Osmond family—and, more significantly, all young, charming, and very talented. He also wanted a group whose popularity would not be limted by the age of its performers. Thus, it was decided that when a member became too old, he had to leave and be replaced by another exciting talent.

Menudo broke language barriers and records. By mid-1978, they were the first Spanish-speaking pop music group to achieve popularity all over the United States. Soon, all the world loved Menudo. Not only were there the Menudo TV shows in Latin America that so affected the young Ricky Martin, but their albums both in Spanish and translated into other languages sold in countries around the world.

Menudo even made a movie.

By the time that Ricky Martin started auditioning to take Ricky Melendez's place, Menudo had started to break attendence records at concert performances.

People magazine in 1983 stated: "Says a Puerto Rican

reporter who has watched them blossom, 'Menudo has given Spanish-speaking kids something to aspire to. They sing only of very positive, wholesome things, and they have a beat you can dance to.' "

"Menudo is a formula and we take care not to break it," that issue of *People* quotes Edgardo Diaz as saying. "Each member is selected very carefully, because it is a hard life, with rehearsals, shows, recording sessions and so much traveling I choose people who are like me. I never leave the boys. From our example, the kids see that if you work hard, you can get what you desire. We show the good side of Latin culture."

Some of Menudo's many hits are "Subete a Mi Moto," "Si Tu No Estas," "Quiero Ser," "Los Ultimos Heroes," and "Por Amor."

In 1983, just before Ricky Martin's days of Menudo fame, *Time* magazine reported: "Ricky Melendez is the boss's cousin and the only original member of the group remaining. He is also just five months short of 16, and so by contract his Menudo days are numbered. 'When their voices change, that changes everything,' explains Diaz."

In the April 16, 1984, issue of *People*, a review of Menudo's *Reaching Out* album suggested that if that year's Summer Olympics had an official rock band, Menudo should be it.

"In fact," the author Eric Levin adds, "Menudo might have some of the same appeal as college team sports: The participants are always of a certain age and their endeavors, though shaped and directed by cunning professionals, brim with the vigor and refreshment of youth."

Is it any wonder that young Kiki wanted to be in this group?

"I didn't want to be a singer," Ricky Martin is quoted as saying in an article posted on the Malaysian Ricky Martin Fan Web site. "What I wanted was to be in Menudo. I wanted to give concerts, to travel, to meet pretty girls. I had been a fan of the group since it began in 1977 and I was always stubbornly determined to be one of them."

The day that Ricky Martin received that message was July 10, 1984.

The twelve-and-a-half-year-old boy had a wonderful future ahead of him, he thought.

Alas, being a member of Menudo was not totally the joyride that Kiki thought it would be.

As Edgardo Diaz had promised, being a member of Menudo was hard work.

True, Ricky was involved in exactly what he wanted to be involved in and he was able to express the positive feelings and emotions that Menudo stood for.

"Menudo was the best school," Ricky Martin told *People* in its May 15, 1995, issue. "All the rehearsals and discipline—it was like the military."

However, in those five years as a boy in Menudo, Kiki missed out on two major things.

His boyhood.

And his creativity.

Menudo toured nine months a year, and when they weren't touring, as often as not they were recording or rehearsing or doing TV shows.

In the *Los Angeles Times* Calendar, an article on Ricky Martin quotes the singer: " 'Menudo was a concept,' [Ricky] recalls, a hint of bitterness in his voice. 'And you had favorites within the group. Some were favored by the fans, and some were favored by the managers. There were many things going on.' "

One of the problems going on for Kiki was that he was a boy brimming with ideas and energy, a boy who felt he had no outlet to express what was growing inside of him.

"Our creativity was stifled," Ricky Martin told *People* in that same article. "We were told [the songs we wrote] were no good. We began to question the need for rehearsing the same routines over and over."

When you have to tour and record and act almost all the year, you don't get to do as much of the things as boys love to do—sports, reading, TV—and most of all just having fun.

But the biggest problem for Ricky was with his family. Since he was away from Puerto Rico traveling the world so much, he had a hard time staying close to his family.

Although his parents had joint custody, they had so little time with their Kiki that they started fighting over every precious moment. They'd helped him get everything he wanted—but now they were falling apart. Enrique Martín asked Kiki to choose between him and his mother.

Kiki was so outraged at his father that they stopped communicating. Kiki decided to stay with his mother and changed his name from Enrique.

This was how the name "Ricky Martin" was born.

The hard feelings between Ricky and his father were not resolved until 1994, when Ricky realized that he couldn't live with the estrangement and made contact. After much discussion, the two not only became true father and son again . . . they became friends.

"While I was away from my father," Ricky tells the *Los Angeles Times* Calendar, "I became a cynic. I was cold, sarcastic; I didn't like children. I was a different person. Now, I'm dying to be a father. I actually have more of a desire to be a dad than to be a husband.''

Another problem with his years as a Menudo was a result of being told everything to do and not being nurtured as a person. Because of this, Ricky came to be troubled with feelings of fear, insecurity, and low self-esteem.

It didn't help at all that by 1989, when Ricky Martin left Menudo, the group was not as popular as it had been when he joined. At that time, the group was playing to huge audiences. When Ricky Martin left, the concerts were sometimes much smaller.

When Kiki joined, Menudo's popularity was at a peak. When Ricky Martin left, Menudo was still a beloved group, but it was no longer the toast of the world.

That must have been hard on Ricky Martin's sense of himself.

When he left the group Menudo at the age of seventeen, Ricky Martin was a millionaire. He was rich in money . . . however, he felt poor in other things.

"The first five years of my career had been a nonstop barrage of euphoria and adrenaline and a lot of mixed feelings," he told the *Los Angeles Times* Calendar, "I wanted to get to know myself."

The world had watched Ricky Martin grow up in Menudo from a small guy to a young man.

Now the young man needed time to grow up inside.

4

Ricky Martin, Solo

In his AOL chat from 1996, Ricky Martin talks about what it was like to leave the group Menudo.

"As great as it was, I felt that it was time to move on. I was exhausted. But the Menudo period was great. If a member of a boy group reads this, let me give you a tip: use every second that you are part of the group. You learn from everything and when it's over you can use that knowledge and go and do whatever you want. You have to make people see you as more than just part of the group. I'd hate to be called Ricky 'ex-Menudo' Martin. But if you go and do new things yourself, that will pass. You just have to prove that you can do more than perform in that group!"

Before he did anything, Ricky finished high school.

Then he knew he just had to get away.

He went to New York.

"Silence. My medicine is silence," Ricky told Priya

Parikh in *India Interview in the Afternoon*. "To be alone. There are pressures with working speedily. Constant traveling can get overwhelming."

Elsewhere, Ricky has been asked when he thought he became a man. It did not take him long to answer: when he signed his first check. That was in New York City, where he came to rest and recuperate and consider where he was headed next.

Apparently, although she was supportive as always, his mother was beside herself with worry. Her son in the Big Apple? Alone?

She would have preferred that he go to Miami, which was not so far away.

And yet, clearly, his time in New York only did Ricky good.

RICKY LOVES NEW YORK

Why did Ricky choose New York City?

Well, there must be a number of answers, but ultimately one can only speculate.

As a person who has lived in New York City, I can personally attest to it being a great place to be if you have money. You can be alone if you want—or you can be with lots of people.

New York's magnificent skyline and reputation for coldness and inpersonality hide the fact that it's a great city full of fascinating things to do and the throbbing comfort of good food, entertainment, and . . . well, people.

Also, as many stars can attest, New York is a great place to be if you want to be left alone. New Yorkers have been called unfriendly, but actually what they are is careful to respect each other's privacy.

Seventeen-year-old Ricky must have appreciated that.

But how did Ricky Martin know about New York?

You have to understand that Menudo came to New York often, and Ricky must have made friends there and gotten to know some of its virtues, even if he was kept under close scrutiny as a member of Menudo.

Also, New York has a large Puerto Rican population. As Ricky loves his fellow countrymen (and the delicious Puerto Rican cuisine), he must have taken great comfort in New York. In fact, New York must have been sort of a home away from home for Ricky Martin.

And he used the time he spent there well.

Ricky Martin moved to the Astoria area of Queens.

At first he did absolutely nothing.

Being an unknown (by the time he was eighteen, he looked much different than the small boy of Menudo) was refreshing. He wandered around the city and sat on a lot of park benches, watching people.

But New York City has great inspirational powers as well, and although Ricky did nothing for six months, he did recharge his batteries—and he started to find his creative juices flowing again.

"New York is a city of great personality," Ricky told an AOL questioner. "It inspired me to write my music."

It also gave him an opportunity to grow and learn with the help of experts. As soon as he had rested up, Ricky started taking dancing, acting, and singing lessons from great teachers so that he could grow and work on himself as an artist.

For five solid years everything had been done for Menudo.

Now he could take the time for himself.

RICKY MARTIN BEGINS TO ACT

"When I left Menudo," says Ricky on Sony's Official Ricky Martin Web page, "it was my intention to go into acting full-time. I disconnected myself from the artistic world for a year, for reflection, catharsis and maturity."

After that year in New York, Ricky was ready for whatever might come.

However, what was to come was more than acting, although acting played an important part.

It was his mother who was constantly urging him to pursue his goals. Before, Ricky had wanted to be in Menudo. Now he wanted to act. Unfortunately, there weren't a lot of possibilities for acting jobs in New York at the level where Ricky felt comfortable—or, perhaps it was just that when he learned that he had not been forgotten, he was so grateful that he grabbed the first opportunity.

In any case, he knew that he had to move forward in his life, so when the call came from the country that had not forgotten him, Ricky lunged for it.

The country that had not forgotten him was Mexico.

Mexican television was and is a thriving industry, and it knew a rising star when it saw one. Ricky was hired for the popular TV show *Mama Ama el Rock* ("Mom Loves Rock and Roll"). This show was a forum for his acting education, even as it tapped his musical skills.

After *Mama Ama el Rock* convinced directors and producers that this startlingly handsome long-haired dreamboat could also act, Ricky was hired to star in *Alcanzar una Estrella II* ("To Reach a Star"). For eight months he played Pablo, a musician and singer in the band Muñecos de Papel.

Part of the deal was that Ricky sing the theme song, and he did so with style and gusto.

Because of this show's amazing success, the fictional musical group became a real musical group.

Yes, the fabricated Muñecos de Papel became so popular that they actually performed a series of concerts in Mexico.

If that weren't enough, Ricky and the band appeared in a feature film version of *Alcanzar una Estrella*, which was a hit in the Latin world.

Ricky was a hit in the film, too.

He'd done such a good job acting that he won a Heraldo, which is like an Oscar or Academy Award in Mexico.

His success did not go unnoticed by large record companies.

Sony Records, one of the largest record companies in the world, signed Ricky on as a solo recording artist.

RICKY'S MUSIC

Sony Records Latin Division called Ricky Martin's first solo album, appropriately, *Ricky Martin*.

The record was released in 1991.

It's a twenty-year-old Ricky that looks out at you from the cover, handsome and charming but still clearly a little rough around the edges—and maybe vulnerable and unsure of himself.

However, on the back cover of the CD, a much more confident Ricky Martin, in jeans and a drenched white sleeveless shirt, lounges on a sunlit beach, looking thoughtful.

One sexy picture!

The CD contains such songs as "Fuego Contra Fuego," "Vuelo," "Ser Feliz," and "Susana."

Ricky is in very nice voice here, and it's no wonder that the CD was very well received in Latin countries. These songs on *Ricky Martin*, soulful and sweet as they are, are mostly ballads, and gentle tunes. "Conmigo Nadie Puede" is about as rocky as they get—and that song is actually much more "pop" than "rock." (In fact, the chorus in the background sounds a little like Frankie Valli and the Four Seasons.)

True, the song "Te Voy a Conquistador" is pretty darned funky in places, but in general there's not much of the Latin fire that sparked the worldwide Ricky Martin fever in his later albums.

Still, when he started touring, Ricky must have brought a lot of passion to his show, and these tunes were lively enough. His talent shone through bright and clear.

And when he toured . . . !

His fans, new and old, went wild.

Ricky says he played a hundred and twenty concerts to support the record *Ricky Martin*.

Ricky won an award as Best New Latin Artist that year.

Ricky Martin went platinum, selling more than 500,000 copies around the world, an impressive number for the Latin market, and a feat that made his one of the highest-achieving Latin debuts for Sony of the last ten years.

Ricky won the Lo Nuestro Award.

He also won many Eres Awards.

During this time Ricky was happy to have achieved success on his own. But as those many concerts attest, he did not achieve these results by lying around on that beach, looking cute.

"It felt wonderful to have complete control of that

process," Ricky has said about that fateful year of *Ricky Martin*. "I was also lucky to be surrounded by people who wanted to work as hard as I did."

And you can bet that Ricky Martin works very hard indeed!

RICKY'S SECOND ALBUM

Ricky's second album is called *Me Amaras*.

On the cover, Ricky is sitting at an outside café with what looks like a cup of frothy cappuccino. His hair is long and romantic looking and he's wearing a fancy shirt and jacket and dark sunglasses. In his ear is a very large earring.

He still looks sexy, but he also looks much older, cooler, and quite a bit more self-assured.

The back cover shows Ricky peering over his sunglasses, letting a little more of his soul out—but still in command of it all and quite self-confident.

As soon as you put this record on the CD player, you can tell that Ricky was maturing as an artist at this time. *Me Amaras* also sounds better, with better production values than his first album. It's a much more laid-back and self-assured affair as well.

Numbers like "No Me Pidas Mas," "Es Mejor Decirse Adios," and "Entre el Amor y los Halagos" all contain jazzy, mellow saxophone sounds, giving the CD a much more urban and romantic feeling.

Of course, *Me Amaras* also contains plenty of what Ricky Martin was well known for then—and now.

Ballads.

"I like the ballad," Ricky told Little Judy during an interview on LAMUSICA.COM in 1996. "I'm very romantic. I like spilling my guts. Right now I'm at a point that I'm starting to write my own lyrics, and good or bad, what comes out is romantic.''

Another interesting thing you notice about *Me Amaras* is that Ricky's voice is deeper, richer, with more color and control.

He'd not only had more practice, of course—Ricky had also started seeing a vocal coach.

This was a man named Seth Riggs, in L.A., who has worked with many singers.

''I started working with him for the second album, *Me Amaras*,'' Ricky told Little Judy. ''He's so helpful; you notice a difference with just one class. After thirty minutes with him you know the difference; you can feel it in your throat.''

Not only are the production values better in *Me Amaras*, the songs are catchier as well—with more hooks.

I particularly like ''Que Dia Es Hoy,'' an adaptation of Mike Herzog's ''Self-Control,'' and ''Hooray! Hooray! It's a Holi-Holiday'' (the latter containing a terrific melody with a touch of the Caribbean!).

Once again Ricky was a hit. The albums sold very well around the world, and Ricky Martin won a Billboard Award for Best New Latin Artist.

However, Ricky's ambitions were not merely in music.

He still wanted to grow as an actor.

And he got plenty of opportunity to do that with his next project!

5

Ricky on *General Hospital*

General Hospital is one of the longest-running day-time soaps around. It's been playing since 1963, and it has millions of faithful viewers every day, many of whom also watch the spin-off show *Port Charles*.

When *General Hospital* producers saw him on the NBC's sitcom *Getting By* (which didn't last very long), they thought Ricky would be perfect for their show.

Ricky, of course, was already known for soap-opera and film turns in Mexico. However, more significantly, he was also known primarily for his musical abilities, which was just what the *General Hospital* people wanted. Moreover, Ricky could speak and act in English—very well.

Ricky got the job.

Ricky played the character of Miguel Morez from 1994 to 1996.

It was an important launching pad for Ricky's acting

career and singing career, not only because it exposed his talent to a large part of the American public, but it presented him as a Puerto Rican to the Latino population in the United States as well. (And this probably drew in viewers, too—a factor that the producers must have counted on when they hired Ricky.)

"For us," said *General Hospital* producer Wendy Riche in the May 15 issue of *People*, "Miguel is the very essence of who Ricky is. He's a very noble, very loving character."

Ricky was quite popular as Miguel, and demonstrated a terrific acting ability. Unlike the sunny personality he shows now, Ricky played Miguel Morez as moody and brooding. He was deep and talented. (Well, that part's like Ricky, though, isn't it?) Still, many fans of the show are surprised at Ricky now, since on the show he was much darker—and had lots of long romantic hair, while now he's got very short hair.

Ricky's character Miguel was an orderly at General Hospital who was introduced while helping to stop a suicidal patient from jumping from a high floor. When Mac found out that Miguel was trying to earn money to help his family in Puerto Rico, he hired him to work at the Outback as a bartender.

When Miguel fills in for the lead singer of the Idle Rich to help out with a show, his singing talent is discovered by the other characters. It turns out that although Miguel had been poised for stardom in Puerto Rico, he'd run afoul of a mobster, Rivera, by falling in love with the latter's daughter Lily. Although Rivera had threatened to have Miguel killed should he ever sing onstage again, the *General Hospital* characters associated with L and B Records talk him into signing with them. They help him find his long-lost love, Lily, as well. Miguel discovers that he has a six-year-old son by Lily, Juan, who is living happily with a new family. They and some friends were kidnapped by Rivera, but later escaped back to Port Charles.

Alas, one of Miguel's friends, Sonny, we learn, was connected to the mob—and with Rivera—causing all kinds of troubles. When conflicts arise because of Miguel's commitment to his musical career, his and Lily's engagement comes to an end. Lily finds solace in the arms of Sonny—but the two are killed by a car bomb set by Rivera and meant for Miguel. Before that, Miguel was involved in a love with Brenda that did not work out.

When Ricky Martin chose to leave *General Hospital*, it was because of his commitment to his solo musical career. In Ricky's own words on an AOL chat, "I left *General Hospital* because I had the opportunity to do Broadway and that was a lifelong dream."

On the show, Miguel goes away to tour. Sometimes, characters in the show still mention him "touring in South America"—doubtless an in-joke referring to Ricky Martin's rising star in Latin countries.

While he was starring in *General Hospital*, Ricky was also featured in a network primetime pilot called *Barefoot in Paradise*. Unfortunately, the show was never picked up for regular airing, which Ricky attributed to a bad story. He did, however, praise the director, Zalman King.

When asked if he was ever going to go back to *General Hospital*, Ricky told an AOL chatter: "They didn't kill me, so that means that I can come back. Of course, even if they did kill me, I could come back," he added, laughing.

Although *General Hospital* fans still talk about Miguel and Ricky and would like to see him return to the show, if only for a day or two, that seems unlikely, since Ricky's becoming too much of a superstar.

Still, Ricky Martin often says, modestly, that he's grateful the door is still open for a return of Miguel Morez.

6

Ricky on Broadway

From an extremely young age, Ricky Martin has thrived on challenges. (Can you imagine what it must have been like to be a young boy singing and dancing in front of huge stadium audiences? That's what he did with Menudo!)

However, in 1996 Ricky took on what he, even today, admits was one of the greatest challenges of his career.

To be exact, Ricky took an important role in an important musical playing in New York City neighborhood of first-class theaters known as Broadway.

Ricky starred in *Les Misérables*.

But wait a minute.

Last time we looked, he had a role on a popular American soap opera that was making him known to millions of Americans almost every day.

What took Ricky to the Great White Way?

The answer to that question is simply the same as the

answer to why Ricky has gotten to do many of the things he has done.

Because he had dreams . . .

THE PRODUCER

Even a popular show like *Les Misérables* needs infusions of new talent, new numbers, new ideas as the years go by.

And it doesn't hurt to have stars who are already well known come into a play or musical. For one thing, fans of the star will go to see the show for the first time. What's more, people who like the star who have already seen the show will often return and watch the show over again. Return audiences are an important source of revenue for large Broadway shows. (For instance, when Richard Chamberlain recently joined the cast of *The Sound of Music*, that show got a whole new lease on life.)

Les Misérables had already been on Broadway for many years, and its producers were always looking for new ways to keep it fresh and exciting. The show is a stirring musical based on a nineteenth-century novel about poverty and injustice in France. The novel on which the show is based was written by Victor Hugo, the same man who wrote *The Hunchback of Notre Dame*.

Such a grand production always needs new talent, and doubtless Richard Jay-Alexander had this in the back of his mind as he was reading a Miami newspaper, perhaps as he sat drinking orange juice on vacation in Florida.

Richard Jay-Alexander, you see, is the executive producer and associate director of *Les Misérables*.

In that Miami paper was an interview with Ricky Martin. The interview talked about his days in Menudo, his feelings about his solo career, and how much he enjoyed playing Miguel in *General Hospital*. Most significantly, though, the interview stated one of Ricky Martin's greatest dreams.

Ricky wanted to perform in a Broadway musical.

Jay-Alexander might well have spilled his orange juice when he read this. He'd heard of the young Latin star and loved his voice. The fact that Ricky could act—and wanted to develop as an actor—was significant. The fact that Ricky had done theater in Mexico spoke in his favor, too. With thirteen years of experience in front of audiences, Ricky was bound to be comfortable enough on a stage to perform a role in a musical.

And Jay-Alexander had a definite role in mind.

Richard Jay-Alexander arranged for a meeting with Ricky.

He asked him if he'd be interested in playing the role of Marius, a student revolutionary, for a three-month special engagement.

Ricky was thrilled.

True, he was in the middle of promoting his new record—but when opportunities like this one pop up, you grab them while you can.

Besides, Ricky had seen *Les Misérables* and had been deeply moved by the show.

Of course, he told Jay-Alexander!

I'll do it!

OPENING-NIGHT JITTERS

"It's definitely going to a new level in my career," Ricky Martin told New York's *Daily News*. "I've been getting ready for this for a long time. I've been studying acting and I've had the opportunity to do theater in Mexico to grow as an actor and singer. Broadway has always been my dream.''

Before Ricky could step into the role of Marius, however, he had to do a strenuous tour promoting *A Medio Vivir*, his third album. This was a tour that brought him very close to the place where he would sing and act in *Les Mis* (as fans call the musical)—he performed at the legendary Radio City Music Hall in New York on March 30, 1996.

In order to be fully prepared for the role of Marius, Ricky says that while he was in New York he saw *Les Mis* twenty-seven times!

"I wanted to make sure I got it right," he says in the July 23, 1996, issue of *Soap Opera Digest*. "I'm on stage for nearly three hours because for the first 50 minutes I play a series of characters—a convict, a policeman and a farmer—before I come on as Marius. In the theater there's lighting, moving, singing and dancing to worry about, and I wanted to do my homework.''

He also had to rehearse a lot. With his experience in Menudo, and the discipline that has allowed him to become the superstar that he is, Ricky was up to the challenge.

Unfortunately, there was a lot more to *Les Mis* than just rehearsals.

Ricky had to honor his commitments for his touring schedule as well.

He had only eleven days to learn his lines and his "blocking" (his movements onstage during the play). Ricky had six days of rehearsal in New York. Then he had to go to Spain for concerts and to promote *A Medio Vivir*. Then back for five more days of rehearsal on the musical.

What made this all the more difficult was that Ricky had laryngitis!

His vocal cords were swollen.

Ricky Martin was one nervous guy.

"Imagine four or five days before your Broadway debut and your voice isn't functioning," Ricky told *Soap Opera*. "I think it was probably due to the stress of flying back and forth and rehearsing from 9 A.M. to midnight each day. I had to stop talking and rest."

The rest helped.

By opening night, his voice was back.

However, Ricky's jitters remained!

OPENING NIGHT

There was no question that the announcement that Ricky Martin was joining the cast of *Les Misérables* helped ticket sales.

When the curtain went up on Ricky's opening night, it was before a sell-out crowd.

One of the most special members of the audience was Ricky's grandmother, who flew from Puerto Rico for the occasion. Since he'd left *General Hosptial*, she'd missed seeing Ricky on TV every day—so she figured to see him act, she had to come to New York. It was quite a vote of love and confidence in Ricky from his grandmother, since she disliked flying in airplanes so much that she hadn't done it in forty years. Ricky really appreciated her being there—and thought it helped him.

Later he admitted that he'd been quite frightened.

Here was a guy who had performed before millions upon millions of people—live! And he'd been doing it professionally for most of his life.

Why was he so nervous on the first night of *Les Mis*?

Mainly because it was a different kind of performing experience. Everyone was watching to see how he'd tackle what was, after all, a big change from anything he'd done before.

A demanding audience was out there—many of whom knew the show well and knew exactly what an actor in the role of Marius needed to do.

How did Ricky do?

And what exactly was the role he had to play?

Les Misérables AND MARIUS

Les Misérables is one of the most famous novels in the rich history of French literature. Its author, Victor Hugo, was perhaps the most famous and popular writer of nineteenth-century France. He was as passionate about social reform as his contemporary in England, the Victorian novelist Charles Dickens.

Hugo was born on February 26, 1802, to a general in Napoleon Bonaparte's army. He was not only a novelist who wrote other world-famous novels such as *The Hunchback of Notre Dame* and *Toilers of the Sea*, but a poet, a playwright, an essayist, a diarist, a moralist, and a politician. He played a major and active role in the upheavals associated with the Romantic and Realist movements in French literature—and in the social and political conflicts that France suffered through most of his life. When he died at age eighty-three in 1885, such was his celebrity that over three million people followed his funeral carriage to the place where other great men of his native France were buried, the Pantheon in Paris.

Les Misérables is a novel about social injustice.

It's about a man, Jean Valjean, who is arrested for stealing a loaf of bread because he is hungry.

However, the appeal of the novel is so widespread and timeless (it's been translated into dozens of different languages) because it addresses issues of justice and injustice that concern all people in an immediate and dramatic way.

When it was published in 1862, it received hostile reviews because of its author's political theories and its liberal point of view—its author's conviction that many social problems were caused not by people's inborn wickedness but by poverty. Many critics also called the book too sentimental. However, readers loved it and it became a huge success.

Famous composers such as Puccini thought about turning *Les Misérables* into an opera. But music was put to the story only years later, after Alain Boubil saw the British musical *Oliver!*, which was based on another novel—*Oliver Twist,* by Charles Dickens—about the evils of poverty. Boubil thought that *Les Misérables* should receive such a treatment.

In collaboration with Claude-Michel Schonberg, Boubil created a French version of the musical that was quite popular in the early 1980s.

Cameron Mackintosh, the musical producer responsible for such hits as *Cats, Phantom of the Opera,* and *Side by Side by Sondheim,* became aware of the album version of the show and saw the potential of a version in English.

James Fenton worked on the translation with the original writers. Famous directors Trevor Nunn and John Caird (responsible for the eight-hour stage version of *Nicholas Nickleby*, based on another Dickens novel) brought it to the Barbican Theater in London, with the Royal Shakespeare Company.

After much work and a new writer, Herbert Kretzmer, the reworked production opened at the Palace Theater in London in 1985, where it still is playing. It opened on Broadway on March 12, 1987, after running at the Kennedy Center in Washington, D.C. It's now playing in New York at the Imperial Theater.

The initial reviews in London were not good, but the show was embraced, as the novel had been, by people all over the world. It's had long runs in many, many major world cities, and touring companies have appeared in well over a hundred other cities in America and other countries.

Ricky Martin could not have chosen a better play to make his Broadway debut.

If you haven't seen *Les Misérables*, you really should.

Ricky is no longer in it—he accepted only a three-month contract, leaving him free to pursue his many other projects. But succeeding actors and singers playing Marius have kept up the tradition of dynamic performances.

Hopefully, you'll be moved by the experience as much as Ricky Martin was.

RICKY'S CHALLENGE

From all accounts, Ricky's performance in *Les Misérables* was just fine.

It's a shame there's no video of it, but we'll just have to imagine what he was like from accounts and reviews.

Although Ricky has long since proved that he's a skilled dancer, there's only one scene in *Les Mis* that has a lot of dancing. However, since there is a lot of movement, Ricky was able to display his dancer's grace.

The role of Marius is not the lead in *Les Misérables*, but it's an important one.

Ricky sang a number of songs in the show, sometimes as part of the chorus, sometimes more prominently. His songs include:

"Red and Black" —Act I
"In My Life" —Act I
"A Little Fall of Rain" —Act II
"Empty Chairs at Empty Tables" —Act II

As Little Judy notes in her review of Ricky's performance in the show on LAMUSICA.COM:

"Although not in possession of a classically trained voice, Ricky Martin sings with honesty and earnestness that fits the character of the young, somewhat idealistic Marius well . . . I found his best moment of the evening was during 'A Little Fall of Rain,' a gentle, poignant moment as his friend and secret admirer Eponine dies slowly in his arms."

Ricky impressed not merely his fans, but the general audience as well.

People still talk about his performance in *Les Mis*, even though he was only in the show for a relatively short time.

RICKY'S THEATRICAL FUTURE

While Ricky was in *Les Mis*, he mentioned on America Online that there were discussions about him possibly appearing in the lead in an original show. As is so frequent in show business, in the end nothing came of the idea.

Will Ricky be doing any more Broadway shows?

A questioner on AOL in 1996 asked Ricky just that.

Ricky replied, "Once you do theater it becomes kind of addictive and you have to do it again. [Doing *Les Mis*] is one of the most beautiful things I've done in my life. Just being able to sing, dance and act and have the audience with you at the same time!"

Of course, now that he's a bona fide superstar in the United States, you can bet that Ricky will star in a movie before he does another Broadway play.

However, stage performances can't be ruled out entirely. Ricky has proven his talent on Broadway, and at the age of twenty-seven, he's got a long, long career ahead of him.

I think we'll see Ricky Martin on Broadway again . . .

Eventually.

7

The Breakthrough Album:
A Medio Vivir

A s soon as the first cut, "Fuego de Noche, Nieve de Die" starts, you can tell the difference.

Ricky is singing . . . differently.

On his third solo album, *A Medio Vivir* (To Live by Halves) Ricky Martin's voice seem much more expressive. It's still got the edge and excitement it always had—but by this time he had learned to make it huskier and breathier and more vulnerable and intimate.

And thus sexier and more expressive.

And much more exciting.

Ricky modestly credits his work with Seth Riggs for adding these qualities to his voice, allowing him to go to emotional places he had not been before—but, frankly, it also speaks of his own hard work and determination. Ricky has also sweetly suggested that he's a better performer than a singer—but with the rate of improvement he's shown with each album, you have to wonder about that.

Anyway, with *A Medio Vivir*, which Sony Latin released in 1996, he not only sings wonderfully, he has some absolutely wonderful songs to sing.

Ricky has always said he's been influenced by classic rock A good example of this is "Revolucion"—a hard-rocking thriller with a dynamic performance from Ricky.

But there are plenty of catchy tunes here, including "Como Decirte Adios" and "Corazón."

But the album's big hit, and perhaps best song, was "Maria."

I'll talk about "Maria" in a moment.

Let's talk a little bit about the whole album first.

Big Hit

A Medio Vivir, was a huge hit not just in the Latin countries that had made Ricky an international star. It was a hit around the world, particularly in European countries.

When an album goes platinum, this means it has sold the astonishing number of one million copies.

A Medio Vivir went *triple platinum*.

Ricky did concerts all around the globe, most of which were sold out.

It's a very good album indeed, and it received some great reviews, including one from the very critical and intelligent LAMUSICA.COM.

"The album features quality production values, evenly balanced material, and strong vocal performances by the

artist," says Little Judy. "His phrasing is subtle and
knowing and as a result he's able to handle the rock
material on the album without sounding, as pop stars often do, like a Vegas stage act."

"MARIA"

If there was a single song that truly broke out Ricky
Martin into other countries, it was this one.

Not only does he sing wonderfully on "Maria"—it's
a terrific pop/rock/Latin song with venerable roots. Over
his career, Ricky has tapped into many styles and this
time he tapped into Spanish flamenco music.

The song is about a man's feelings for a changeable
and enigmatic woman. The emotion Ricky puts into this
song has made people wonder if the song reflects his
feelings about a woman he has known.

In fact, "Maria" seems to stand for a certain type of
woman, a type Ricky has known, although no one girl
inspired the song.

"Maria is a girl who plays with your head," Ricky
told an interviewer from Australia's *Smash Hits* magazine. "She's no one in particular. I've been out with girls
like Maria."

The song also reflects Ricky's feelings about other
things he holds dear. He told another Australian magazine, *Cleo*: "['Maria'] is a very intense computer program. I wanted to get closer to my roots, to my culture.
We started digging around, looking for sounds and
rhythms on the computer and that's how it came about—
it wasn't any specific girl. I mean, Maria could be anyone—even someone's dog. It's not about someone spe-

cial. I can be very romantic—stupidly romantic, actually—but not in this case."

The song "Maria" is anything but stupid.

It is a clever song, brilliantly delivered, that immediately won Ricky fans and remains popular. Ricky still sings it in concerts, and it has sold over three million copies in Europe alone—not to mention strong sales in other parts of the world.

It's a high point on a CD filled with high points.

WITH A LITTLE HELP FROM HIS FRIENDS

Ricky has said that he's lucky to have enough money to pick and choose his projects, instead of having to grasp at whatever comes along. (We might note that it's talent, as well as money, that gives him so many choices.) Thus, he has always been able to choose the best of the world to inspire and support him on his albums.

This is particularly true with *A Medio Vivir*.

The composers and performers on this CD are just amazing. These include Marco Flores, Franco Devita, Luis Gomez Escolar, Cristabal Sansano, Alejandro Sans, Carlos Lara, Manolo Tena, and Luis Angel.

Coproducer of the CD was the excellent KC Porter, who produced artists such as Boyz II Men, Bon Jovi, and Richard Marx.

But perhaps the most important new ally on *A Medio Vivir* was Robi Rosa—a man who continued on to work with Ricky in other projects.

Not only is Robi Rosa Ricky's producer, composer, arranger and backup singer—he's Ricky's friend.

They were in Menudo together.

"I think he's a genius," says Ricky on an Asian Web site. "Since the age of twelve he's been in front of a piano. I remember it!"

Those not familiar with the history of Menudo may not recognize the frequency of Robi Rosa's name on the Ricky Martin albums—and since he uses some aliases there as well (everything credited as "Ian Blake" or "Dracos Cornelius" is actually Robi Rosa) even die-hard Menudo fans could be fooled.

Robi Rosa is also a wonderful solo singer as well, with albums such as *Frio* available. (Buy it!)

Robi was cowriter for Ricky's hits "Maria" and "Cup of Life" as well as "La Bomba" (which we'll discuss later, I promise!)

"He deserves a lot of credit," says Ricky on that Asian Web site, "but you see at the same time he doesn't do his music for credit, he does his music for himself. He just loves being in the studio and just creating."

Robi Rosa cowrote no fewer than six songs for *A Medio Vivir*, and his excellent singing is all over the CD!

Robi was already in Menudo when Ricky joined. He's two and a half years older than Ricky. While he was in Menudo he became the most popular member because of his excellent singing and dancing.

Menudo hits on which he was lead singer include "Explosion," "If You're Not Here," and "Because of Love."

Another of his albums is *Vagabundo*.

Robi's been an actor, too, and you can be sure that he'll be involved with Ricky in the future . . . and probably break out to become a star in his own right in the near future.

How smart was Ricky to hook up with him?

Well, you only have to listen to *A Medio Vivir* to understand.

But the rock-solid proof is Ricky Martin's next album. *Vuelve!*

8

One Step Beyond Greatness: *Vuelve*

When the magazine *TV Week* asked Ricky Martin if he liked being a "heartthrob," Ricky responded: "It's fun if you have fun with it, but it scares me at times. My priority is to do good music, not to look good. Sexuality and sensuality are things I keep for my own room."

Well, if you judge by Ricky Martin's follow-up album to *A Medio Vivir*—the awesome CD called *Vuelve* (Come Back)—when Ricky says "room," he includes his recording studio!

Wow!

I'm not the only one who's said "Wow!"

By now, *Vuelve* has sold probably about three times as many CDs as Ricky's first three CDs sold—combined!

And no wonder.

It's an amazingly terrific work.

The first thing you notice when you pick up the CD is, hey—Ricky cut his hair!

Yes, gone are those lustrous, romantic locks of yore.

Ricky's got a nice short haircut, emphasizing his classic, perfect male features.

If on *Ricky Martin*, our hero looks innocent, and on *Me Amaras* he looks diffident, and on *A Medio Vivir* confused and lovelorn, then on *Vuelve* he looks strong and focused and determined. In basic black, he seems ready to spring into the strong glare of the world's spotlight.

But there's another side to Ricky on the back cover. Here his arms seemed spread to the universe, surrendering to his spirituality and whatever awaits him in the future.

One listen to *Vuelve*, and you can tell that the future is superstardom.

We'll talk a bit more about this album and its cuts and the singles taken from it that sold many, many copies on their own.

But let's first take a look at what led Ricky to this incredible album—his last album all in Spanish—and how he took it to the whole world.

INTERNATIONAL STAR

When *A Medio Vivir* gave Sony Records a taste of where Ricky was going with his music, they must have seen his potential as a crossover artist. When "Maria" became a hit in Europe, the Far East, and Australia, and Ricky followed up with scorching concert performances that created thousands upon thousands of new fans, they knew that they'd put Ricky in with the right mix of creative personnel.

For *Vuelve*, though, they added another important factor, just to whip the rock and the pop factor up to an even higher notch.

This was Desmond Child, a great producer and writer who has also had a past as a rock performer.

Ricky also took his time with this album.

"We've been working on this album for two years now," Ricky told *Estylo* magazine. "The first day I walked into the studio to record a song for it was in 1996 and that was in Puerto Rico. Then we went to Spain and we recorded something. Then I spent six weeks in Brazil just looking for music, looking for music."

Brazil was one of the prime influences on *Vuelve*, but there's lots of other stuff—including Ricky's version of salsa.

"*Yo soy fusion* (I am fusion)," he told *Estylo*.

Recently, in the *Philippine Daily Enquirer*, Ricky said about bringing his music to other people throughout the world, "It's an exchange of feelings, cultures and ideas. I bring the Caribbean to Asia as well as invite Filipinos to enjoy a Caribbean taste. My career gives more to me than it takes. It motivates me to see people from different cultures and countries dancing to my music."

Vuelve means "Come Back," Ricky explained to Priya Parikh in *India Interview in the Afternoon*, "It's not really about language," he said, referring to the perhaps surprising fact that a Latin American album, in Spanish, was popular in India. "It's about an individual passing through many phases. I want to create fusion. I lived in Brazil for some time and their music influenced me. Similarly, I know that Indian music will now influence my music at some time."

So much music!

So little time!

Ricky loves music, and you can tell that everywhere he goes, he just absorbs it.

Vuelve is an album of Latin music. It's as though Ricky simply dove headfirst into the roots of his Latin rhythms, melodies, textures, instruments, its very soul. With the help of great musicians, producers, and a very classic rock edge, he brought this music out into world pop territory for everyone to enjoy and be inspired by.

Let's take a look at this terrific CD, cut by cut.

COME BACK *Vuelve!*

"Por Arriba, Por Abajo"

Children sing.

Drums start beating frantically.

Suddenly you get the feeling that you're present at a fiesta and the streets are filled with revelers. There is the smell of sizzling food on barbecue grills and spicy peppers in the air, and that cool air is suddenly warm with joy.

This is "Por Arriba, Por Abajo," the first song on *Vuelve*, and a wonderful start it is. Written by Robi Rosa, Luis Gomez Escolar, Cesar Lomax, and Karla Aposte, it sounds to these ears rather Mexican and the song builds to a brilliant Brazilian frenzy.

Particularly noticeable are the horns. Outstandingly brassy and up front, they really put a stamp on the sound here and make the listener perk up.

The heart races at such sounds!

Ricky's voice is in even better shape here.

When he was in *Les Misérables*, he had eight performances of demanding music a week, plus singing lessons. He had to get his voice into top form to keep up the pace. This rigorous training paid off in *Vuelve*. Ricky's voice is at its best here. He keeps it at a higher register and instills it with an international pop feel, while abandoning none of his Latin origins. In fact, he takes the opportunity to explore the sexy sounds of his native language.

A fast, exciting opener!

"VUELVE"

Things slow down for this ballad, written by Roco de Vita.

Ricky's in fine voice here, and it's a sweet song, emphasizing the powers of his voice at higher sounds.

He sounds particularly vulnerable here.

Particularly catchy, though, is the refrain—with sounds that constitute a hook that makes this not only a nice ballad but a great pop song.

The song "Vuelve" was one of Ricky's favorites—and one of his grandmother's favorites as well.

When Ricky Martin's grandmother died last year after a long illness, Ricky stopped performing the song in concert.

But here it is, on CD, for anyone to listen to now.

A super reading of another fine song.

"CASI UN BOLERO"

A gentle rhythmic song by Robi Rosa, KC Porter, and Luis Gomez Escolar.

Need we point out that it's a "bolero"? A bolero is

a type of Spanish dance with distinctive rhythmical music.

You might find the basic rhythms here on your local Casio automatic keyboard music device, but there's nothing mechanical about the way the percussion pushes this lovely piece along.

In fact, with the swelling strings and the gorgeous acoustic guitar work, this is one of the better pieces of pure music on *Vuelve*, a lovely, lovely testimony to the sheer beauty of Latin music.

However, "Casi un Bolero" would be nothing without the magical voice of Ricky Martin.

It would not be going too far to say that Ricky "acts" this song as much as he sings it, and even without watching him sing it, you can tell what a wonderful performer he is onstage.

It was the late Frank Sinatra who was the twentieth century's master of song "phrasing"—that is, taking a song's lyrics and acting them out from the heart in a way that communicates the lyrics and the feelings in the music to the listener.

Obviously, this is what Ricky Martin is getting better and better at doing.

His gorgeous work in "Casi un Bolero" is an excellent example of this.

Just a moment. I think I'm going to listen to it again.

"CORAZONADO"

Here's another song by Robi Rosa, KC Porter, and Luis Gomez Escolar. This one's an up-tempo ballad.

Ricky sings it with conviction and passion. I particularly like the shifting tempos and the high voices in the chorus of the background (Ricky and Robi?).

Also nice about this song is the keyboard work.

Not just pianos, either, but organs—a nice combination of textures that blend with the other instruments, including nice sweepings of strings.

This song stands out in some ways simply by virtue of the way it uses many of the conventions of soft rock. While it's sung in Spanish, it could just as well be sung in English. In short, its melody bears no specific traces of any Latino influence. This could be redone as a song in English by Ricky or someone else—and North American listeners would never guess it had its start as a song by a Latin artist.

Thus we can see Ricky moving toward a worldwide audience in many ways.

"LA BOMBA"

This song was a worldwide hit, but there's no question where the music comes from. The drums, the bass line, the horns—and even the piano—are all quite Latin.

''La Bomba'' sounds like something you've heard before, although the credits list its writers as Robi Rosa, KC Porter, and Luis Gomez Escolar—a familiar trio of names on this album.

The reason for this is simple, since lots of Latin music uses similar styles and rhythms (see the section on Latin music later on).

What is remarkable about all of Ricky Martin's interpretations of Latin styles is the conviction and sharpness of his singing. Even though it's on your radio or stereo, in your mind's eye you can imagine Ricky dancing as he sings.

What a great dance song!

"Hagamon el Amor"

This is a slow ballad written by Robi Rosa and Luis Gomez Escolar, and there's not a lovelier one on the whole CD—or on a bunch of any kind of CDs, for that matter.

Lots of lovely, classically styled violins on this one, and a nice piano part. But the star of the show is Ricky's voice—and his deep phrasing of the verses and meaning of the song.

You don't have to understand what the words mean to understand the rich and heartfelt emotions that Ricky Martin is expressing in this one.

"La Copa de la Vida"

Ricky has expressed deep admiration for artists such as Paul Simon and Peter Gabriel who delved deep into the music of Africa for inspiration.

Here, in "La Copa de la Vida," you get Africa, too—only Africa via Brazil and Puerto Rico—where the local music has strong African roots. It's hard to think of a more exciting, rhythmically driven song in the last few years than "La Copa de la Vida." From start to finish (especially the start!), the drums are just overwhelming.

At times on this dramatic and exciting song, Ricky seems more like a ringmaster for a circus of sounds.

From the whistles at the beginning, to the rock sounds and the dance-song tricks brought in by producer Desmond Child, this is just a driving song of excitement and movement.

Looking more closely, though, you can see how Ricky's performance and voice make "La Copa de la Vida" exciting and distinctive—and very pop and now, earning him that Grammy he received for Best Latin Pop Performance.

All those years in Menudo, plus lots of training and experience, come to the forefront for Ricky here. His voice is—well, cute! It's distinctive—it sounds like a pop singer's voice, not just a singer of Latin songs. You can recognize it as Ricky's voice. How important is this? Well, it's vital to a song stylist. If everyone sounded the same, how could you tell one artist from another? Like all great popular singers, Ricky has developed a particular voice—and this is his pop voice. Rich and boyish and exciting. Breaking, yet absolutely in sync with the rhythm.

An exciting song!

A masterful performance!

We'll tell you more about how that song came to be and how Ricky came to sing it for as many as two billion people.

First, though, let's get to more music!

"PERDIDO SIN TI"

Yet another song by the terrific team of Robi Rosa, KC Porter, and Luis Gomez Escolar.

Thank goodness!

Again, we head into soft-rock territory with this one . . . and again, there's not shred of any Latin feel, despite the sweet Spanish reading that Ricky gives it.

Nonetheless, one of the great things about the album *Vuelve* is that there's no filler on it. This is a really pretty song, one of the slowest and nicest. Ricky's voice is soft and comforting and gentle—a perfect companion for a lonely winter's night.

"Asi Es la Vida"

A pop singer is nothing without good songs.

Recently, in a review of a concert by Enrique Iglesias, the writer pointed out that while all the new young Latin singers had their virtues, the one who had the best "repertoire" was our guy—Ricky.

Ricky Martin has the best songs!

There are no bad songs on *Vuelve* whatsoever, and this number, by Marco Flores and Luis Gomez Escolar, has a really, really delightful melody. It's much more a pop song than anything near rock, and it's probably the closest thing to the kind of song that Ricky used to sing earlier in his career—but it's got a sweet melody and Ricky comes through with a romantic, soulful crooning.

Not the best song on the CD, with so many to choose from, but really good!

"Marcia Baila"

Cover time!

Here's an older song by songwriter Chichin-Ringer, which you might have heard before.

It's adapted especially for Ricky by Luis Gomez Escolar, and it's very much of a type with "Por Arriba, Por

Abajo,'' with lots of drums, crowd noises, and trumpets. This one has a terrific bossa nova feel, though, and it has a more cool and controlled feel than the others.

Also, the horns here have been given a definite, very hip ska sound (ska being a Caribbean forebear of reggae).

Another vital Latin number for this Ricky Martin CD.

''No Importa la Distancia''

As mentioned elsewhere in this book, when Walt Disney Pictures was looking for someone to voice the role of Hercules and sing the songs for their animated feature *Hercules*, they had to look no further than Ricky Martin for both jobs.

This is the theme song for the movie.

It's written by David Zippel and Alan Menken. This, the Spanish version, was translated into that language by Renato Lopez and Javier Ponton.

Need we point out that there's absolutely nothing Latin about this song? It's pretty much standard current Disney pop fare in the musical vein of *Beauty and the Beast* and *Mulan*.

Ricky does a real fine job, though, with what is merely a decent pop song, and shows that he's a performer who's going to be able to keep on singing for us for a long, long time, since he can do all kinds of songs well.

''Gracias por Pensar en Mí''

This is a soft-rock song that could have been sung by the Eagles back in 1976!

It's written by Renato Russo, but is adapted especially for Ricky Martin.

Again, Ricky sings well, and this is a pretty good song, but it's not one of the better songs on the CD. Ricky can do some fine MOR (''Middle of the Road''), though, and there's absolutely nothing wrong with this piece, save perhaps that it's a trifle bland.

Still, it's a welcome addition to the CD.

''Casi un Bolero'' (Instrumental)

Ricky's dedication to music for the sheer sake of music, and his devotion to Latin sounds, is well in evidence here.

Ricky doesn't even come into this song until toward the very end, and then faintly.

This is an instrumental version of the Robi Rosa, KC Porter, and Luis Gomez Escolar song I was raving about earlier, and it's even more gorgeous in this setting, with Ricky's contributions tasteful but minimal.

Ricky Martin wants to be a star, sure.

But he's just as devoted to bringing the music he loves so much to the people, and uniting the world with its healing touch.

There are plenty of CDs out there, but very few that you want to listen to over and over.

Vuelve is one of those CDs.

9

Ricky Around the World

Ricky Martin loves to read books.

Without a doubt, Ricky got plenty of chances to read books when he was in Menudo. From age twelve to age seventeen, he traveled nine months out of the year. To those of us who mostly stay in the same spot year round, a life of constant traveling can seem extremely glamorous. In reality, it's one of the hardest parts of life when you're a performer—a very hard life indeed.

I remember talking with a group of performers from Scotland who traveled around the world every year. They often lost members who quit because the daily grind of traveling was so hard. All of them got through it by reading books on the planes and buses and trains and automobiles in which they traveled.

Ricky has his own jet now, so he must be able to travel in comfort.

However, you can bet he still reads.

And you can also bet that he read a lot of books the year he released his great CD *Vuelve*.

You don't believe me?

I've managed to find Ricky's schedule for half a year—the last part of 1998, as a matter of fact.

Sony released *Vuelve* in early 1998.

Ricky performed "La Copa de la Vida" (The Cup of Life) for a television audience of approximately two billion people at the World Cup final in Paris in the Stade de France in July.

Afterward, here was the schedule in front of him:

Ricky's Touring, Promoting, and Recording Schedule (From WWW.RICKYMARTINVUELVE.COM)

August 1998

1–6 Miami—Recording session for the English album
7 Traveling day from Miami to Taiwan
9 Taiwan
11–12 Japan
13 Traveling day from Japan to Miami
14 Orlando (Florida)—Participation in Sony Discos Convention (a record convention)
15 Miami—Recording session
16 Mexico—Promotion
19 Traveling day from Mexico to Miami
20 Miami—Recording the track of the new Pepsi-Cola commercial
21 Miami—Filming the new Pepsi-Cola commercial
22–23 Miami—Recording session for the English album
24 Puerto Rico
25 Puerto Rico—Press conference, radio lunch and special photo session

26 New York—Promotion
27 Traveling day from New York to Los Angeles
28 Los Angeles—Promotion
29 Miami—Recording session for the English album
30 Miami—Recording session of a special song for Taiwan and Asia
31 Miami—Promotion

September 1998

1 Miami—Recording session for the English album
2 Miami—Video for next single (Was this perhaps the video for "Livin' la Vida Loca"?)
3 Miami—Recording session for the English album
4–5 Venezuela—Shows
6 Traveling day from Venezuela to Miami
7–8 Miami
9–15 Europe—Promotion
16 Traveling day to Turkey
17–22 Turkey (Concerts)
23 Traveling day, Turkey to Jordan
24 Jordan—Show at Prince Ghazi's Wedding
25 Lebanon—Show
26 Traveling day, Lebanon to France, and TV in France
27–30 Europe—Promotion

October 1998

1–3 France—Promotion
4 Traveling day from France to Miami
5 Miami—Recording session for the English album
6–7 Miami—Recording session for the English album
8–10 Miami—Promotion; show at Miami Arena
11 Miami
12–20 Miami—Recording session for the English album
21–24 Los Angeles—Promotion; show at Anaheim

25–28 Miami—Recording session for the English
   album
29–31 New York—Promotion; show at Madison
   Square Garden

November 1998

1 Traveling day to Miami
2–4 Miami—Recording sessions for the English
   album
5–9 Chile—Promotion and show in Santiago
10 Peru—Show
11–14 Colombia—Promotion and show in Bogotá
15 Traveling day from Columbia to Miami
16 Traveling day from Miami to Australia
18 Arrival in Sydney, Australia
19 Sydney, Australia
20 Traveling day from Sydney to Philippines
21 Manila, Philippines—Show
22 Traveling day from Philippines to Taiwan
23 Taipei, Taiwan—Show
24 Traveling day from Philippines to Singapore
25 Singapore—Show
26 Kuala Lumpur, Malayasia—Show
27 Traveling day from Malayasia to Thailand
28 Bangkok, Thailand—Show
29 Traveling day from Thailand to Indonesia
30 Jakarta, Indonesia—Show

December 1998

1–5 Japan—Possibility for shows
6 Traveling day from Japan to Miami
7–15 Miami—Recording session
16–19 Miami—Recording session; photo session for
   the English album; video shoot—first single for the
   English album
20–31 Miami—Recording session

That was the plan.

In fact, there were changes, of course.

For instance, the show in Jakarta never happened because of the unrest there.

Also, Ricky's grandmother's death probably interrupted the recording of the English album, Ricky's first English-language CD (which has kept on getting pushed back and pushed back again). Ricky was able to make his Far East tour, however.

Whew!

Where were we?

Oh yes! You can see what I mean when I say that Ricky travels a lot, and he likes to read.

(In fact, a couple of his favorite books include *La Tregua* by Mario Benedetti and *One Hundred Years of Solitude* by Gabriel Garcia Márquez.)

What's really interesting is that Ricky likes to read poetry too, which shows not only his romantic aspect but his reflective nature. (After all, he did take just about a year off to read and reflect in New York after his years in Menudo.)

So you can imagine him with a new novel, jetting over to the Far East to present himself and his show.

Novels and poetry must help give him the calm and focus he needs to perform in the intense manner he does.

And although English is actually the best known language in the world now (and Ricky does speak English extremely well) and he's produced an album mostly with songs in English, he is dedicated to his own native tongue.

Whether he plays in Paris, France; Sydney, Australia; or Bangkok, Thailand, he sings in Spanish.

"I think that there is no other language like Spanish,"

he told a magazine recently. "I think it is the most beautiful language. It's very romantic. Sometimes you cannot translate the same emotion or exact feeling. I will never stop singing in Spanish!"

What's more, he never strays too far from Puerto Rico. He often visits his family and friends there—and he talks about his home all the time, wherever he travels.

In fact, just last year Ricky did his home country a big favor.

When Jorge Davil, executive director of the Tourism Board of Puerto Rico, needed a new commercial to show how wonderful Puerto Rico is and why people from other parts of the world should come and visit it, he asked Ricky Martin to appear in it.

Not only did Ricky agree . . .

He did not charge Puerto Rico a penny!

So you can see that while Ricky Martin travels around the world in his busy life, he's not just promoting Ricky Martin.

He's an ambassador for Latin music . . .

And Puerto Rico!

10

"La Copa de la Vida"

Ricky Martin has stated that while he's a soccer fan, he's not a really good player. When he plays soccer (or "football," as they call it in Europe), Ricky claims that the ball plays with him, not he with it.

Nonetheless, whether you call it soccer or football, you have to agree that the game has had a huge importance in Ricky's life.

If you're reading this in the United States, you probably have no idea of how popular the game is in most of the rest of the world.

Did I say "popular"?

Actually soccer fans are quite fanatical about the game. Obsessed, even.

So when you have so many countries around the world so interested in a game, you have national teams competing on an international level.

And the biggest game for soccer is the World Cup final, in which the two best teams in the world compete.

Think of the World Series.

Or maybe more appropriate, think of the Super Bowl.

Each World Cup Tournament there's a special official World Cup song.

It's difficult to say whether soccer is more popular in Europe or in Latin America. Let's just say that the game fills huge stadiums in countries south of the United States border.

Anyway, with the strong Latin interest in the game, naturally the organizers want to acknowledge this with a strong Latin performance. And so it was that those same organizers came to Ricky Martin and his people and asked him to do a song.

"The World Cup album had been recorded," Ricky told *Smash Hits* magazine. "[It was] about to be released when the head honcho called and asked if I wanted to do something for the World Cup. I said yes straightaway. Mixing music and sports is a beautiful thing."

It seemed inevitable, since Ricky was at the time the fastest-rising Latin performer in the world. He'd been generating lots of interest around the world with "Maria," and for the way he and his musicians and producers put across Latin music with the punch and precision of rock and pop.

They couldn't have chosen a better team than Robi Rosa and Luis Gomez Escolar to write the song and Ricky to perform it—but to give it a rock sheen and excitement, these folks went to a rock master, Desmond Child, well-known rock songwriter and producer.

The teams that were the finalists for the World Cup in 1998 were France and Brazil. The final game was performed in Paris, France, before a live audience that included rock stars, movie stars, and powerful and rich people of all kinds, along with just plain ordinary soccer fans.

When Ricky came up to perform the song "La Copa de La Vida," most of the audience already knew it.

The song was a worldwide smash.

For instance, even in way-off Australia the song was on the charts for at least thirty weeks—and number one in that country for at least six weeks.

At least those were the numbers when Ricky came to do some promos in that country.

Darryl Somers had him appear on his TV show *Hey, Hey, It's Saturday*. Ricky commented on what it had been like performing before almost two billion people: "It was a fascinating experience, but I was ready for it because I had been working on [the performance] for more than a month and I was just dying to be there. It was a fascinating way to exchange cultures. My music is my rhythms, my sound and it's the way I present where I come from."

Ricky not only underlined just how vital and exciting Latin music could be, he also had a huge hit that ultimately went on to win him awards such as the Grammy for Best Latin Pop Performance and to open doors throughout the world for Latin music.

An ambassador of Latin music indeed!

Oh yes.

Ricky was rooting for Brazil to win, and although the soccer team lost, in many ways Brazil indeed did win because its music was so well presented by Ricky Martin.

11

Ricky's Great Sadness

Ricky Martin almost quit his whole career.
And recently!

On a Tuesday morning in late July 1998, his beloved grandmother Iraida Negroni, aged seventy-five, passed away.

Ricky was so shaken by grief he had to take time off from his busy career and take stock again. At times, he later said, he considered just forgetting all about a music career and doing something else.

Iraida Negroni, it has been reported, was more than just a grandmother to Ricky Martin.

The mother of his father was more like a second mother. She had suffered from cancer for eight years, so Ricky knew that her time with him was limited. Nonetheless, when she developed complications from the disease in the last year, it was very hard on the young man.

Part of the reason he was so thrilled to be singing at the World Cup in Paris earlier that month, Ricky had said, was that he knew his very sick grandmother was watching.

Iraida Negroni had often told Ricky how proud she was of what he had achieved in his brilliant career—and her words must have given Ricky the strength to perform that day . . . and the strength to persevere as well later.

Also, as *El Nuevo Dia* reported: "Doña Iraida left happy, realizing that [Ricky] was admired as a famous artist throughout the world, that he had given his country glory, but above these things, she saw him become an honest, upright man who intensely loved her." Ultimately, Ricky must have decided that continuing his career was what his grandmother would have wanted.

Nonetheless, when Ricky returned to Puerto Rico for the funeral, it must have been very difficult for him.

He arrived at the Buxeda funeral home in Hato Rey on June 23. A mass was given for Doña Iraida at two P.M. in the Iglesia la Paz chapel. Only family and close friends were allowed to attend. However, it was a large crowd of seventy.

Father Jaime Vergara of the Church of University Gardens presided over this mass. The Church of University Gardens was where Ricky, a Roman Catholic, had served as an altar boy for three years. Later Father Vergara told *El Nuevo Dia:* "Ricky hugged me when he saw me. He recalled those days. He also studied with us in the Colegio del Sagrado until sixth grade. He was a good boy."

Other people at the ceremony were Ruben Blades and Gilberto Santa Rosa. Also in attendance was Charlie Castro, Ricky's bodyguard—there as a friend, not to provide security, which Ricky did not need among his countrymen and family.

Ricky had not been a stranger.

He had visited his grandmother often. The week before, when she'd slipped into a coma, he'd flown out to be by her side at the Hospital del Maestro. However, he had to return to Miami for the Sony Records convention.

Ricky's grandmother was cremated and her ashes scattered at sea.

Later Ricky spoke of her often. He discussed her often during his Far East tour.

Considering the upheaval in his family, his grandmother must have been a steadying force. We can only be grateful that her love and attention to Ricky helped him develop his talent to share with the world.

We can only be grateful, also, that she gave him the strength to carry on after her passing.

After this sad time, Ricky told *TV Guide Mexico:* "Almost a month ago I almost left everything. I was full of very many different feelings and much pain."

He then explained: "My grandma died. I thought I was ready for when she left me, but I wasn't. I didn't think that I could smile and perform while inside I was dying. Yes, a month ago I almost retired."

In fact, he continued in the interview, he believes that his grandmother's healing touch from the hereafter is what allowed him to go on. Ricky feels that she's in a better place now and that she communicates to him and encourages him in his career and his life mission.

After his grandmother died, Ricky could no longer sing "Vuelve," the title song of his CD.

It had been the song he'd sung for his grandmother.

Perhaps someday concert-goers will be lucky and Ricky will find himself able to sing that song again.

When he does, he will doubtless dedicate the song to Doña Iraida Negroni.

12

Ricky's Romantic Life

Ricky Martin is one romantic guy.

How romantic?

Once, even knowing that his relationship was doomed, he chose to stay with a beloved one more day and cancel a show in Mexico. "I give you my concert!" he told the woman.

Later he said that he'd never do such a thing again, of course, but when the man falls in love, he falls in love hard.

Of course he also claims to have fallen in love many times in one day, and that he just plain loves women.

And women, of course, love him.

However, when it comes to details . . .

Well, that's a another matter entirely.

THE FANS WANT TO KNOW

One of the very first questions Ricky was asked in a recent AOL chat was: How's your love life?

"Fine," Ricky said. "How's yours?"

Ricky Martin may very well be happy to admit he's a romantic and that he loves women, but he's nonetheless a very private person and doesn't talk much about whom he dates and provide details about his romantic relationships.

But he does talk a lot in interviews about women and romance and sensuality . . .

Probably because that's the kind of questions he gets asked!

One of the questions he was hearing for a while, of course, was if there was a real "Maria" who was the inspiration for the song.

Being typically hard to pin down, sometimes Ricky answered yes, sometimes that he'd known a lot of women like Maria.

When *TV Week* asked him this, he said: "No. And I'm single, very single, at the moment."

Was he trying to hide something from his female fans? the interviewer wanted to know.

"No," Ricky said. "If I was in love, I would scream it as loud as I could. Love is wonderful. You should share it."

In fact, Ricky has said that women in his life have not merely inspired songs, but whole albums.

In fact, romantic pain is one of the sources of his music, he told *Cleo* magazine sadly: "Unfortunately, it's usually after you break up with someone and the pain is still raw that you find the need to express it in a very dramatic way. That's when it becomes music."

What would he do for love? *Cleo* asked.

"Years ago I would have given up everything and would have done anything for love—but not now. Maybe that's because I haven't met the right woman."

Ricky's ready to meet the right woman, he says.

In fact, he recently told the Mexican *TV Guide:* "My great love can arrive at any moment, anywhere."

What special qualities would it take for that special someone to win Ricky's true love?

"For a woman to capture my heart," Ricky told *El Norte* newspaper, "she must have something very simple—spontaneity. I don't complicate my life. I am not seeking beauty or intelligence, etc. What attracts me is spontaneity, a girl who is not afraid to make a fool of herself. Know what I mean? She's fun. She can be herself. She takes care of herself and she knows how to take care of others."

More recently, he told *Rolling Stone* in their April 29, 1999, issue: "I need someone who's not afraid to suck [to be bad at something], someone risky, someone who's not in a pose all the time," Ricky says about what he needs from that special romantic someone. "But I also need a woman who behaves like a woman, who knows how to sit at a table and all that."

Rolling Stone subtitles the comment "edgy women."

Presumably Ricky wants someone he can take home to meet Mom and Dad.

But don't feel that Ricky Martin hasn't had his share of romantic pain.

When *Estylo* magazine asked him if he had ever had his heart broken, "Yeah," answered Ricky. "It's very painful. I don't think [my heart] will ever completely heal."

Ricky had to hold on to the foundations of his self to

get through the pain, and thinks you must believe in others and get out to see other people and love again. "I don't think you ever get over a broken heart until you love again," he added.

So Ricky has been looking for that special someone . . .

RICKY AND MADONNA

Ever since Madonna planted a big sweet wet one on Ricky after his startling, career-marking performance at the Grammy Awards, people have wondered: Are Ricky Martin and Madonna destined to become romantically involved?

The fact that they are neighbors in Miami would make that connection a little bit easier for the jet-setters, surely.

When Madonna and Ricky got together to do a song that would be on both their new albums, speculations flew.

Surely sparks were flying as the hot duo sang their new duet in the studio.

Were sparks flying outside the studio?

Recently, on a Puerto Rican radio station, when asked about his relationship with Madonna, Ricky had an immediate answer.

No, he said. Nothing romantic.

It was purely professional.

In fact, Ricky and his team had already decided that he should do a duet with a current musical star.

In fact, Madonna was not even the first choice.

Ricky approached Jewel first.

Jewel was too busy, so the door was open for Madonna. When Ricky approached Madonna about a song, he reports, she said yes immediately.

However, although she thinks Ricky's "cute" and talented, there's nothing romantic happening between them.

RICKY'S WOMEN

There are, of course, rumors.

I've heard that Ricky has dated the tennis player Gabriella Sabatini, and that he's gone out with a woman named Sasha from a Mexican pop group.

But these are just rumors.

People en Español does make note of at least a couple of women that Ricky has been involved with romantically for certain. One of these is Lily Melgar, who also stared with him in the TV show *General Hospital*, who is quoted as saying, "[Ricky's] success is not only because of his talent. It is because of the way he is inside."

However, those incredible Georgio Armani leather pants and shirt were not the only things that were close to Ricky when he appeared at the Grammy Awards.

Accompanying him to the ceremony was a beautiful blonde.

Her name is Rebecca de Alba.

Heads certainly turned.

However, anyone who knew about Ricky Martin for any length of time knew that Ricky's been associated with Rebecca for a long, long time.

Who is Rebecca?

Well, the people of Mexico know a lot more about her than Americans do.

Rebecca de Alba is a "presenter" on Mexican TV.

"Presenter"?

The closest equivalent in American TV is "hostess." In other words, a "presenter" basically introduces guests and acts on variety shows—and, from what I've seen of Mexican TV, also sometimes sits down and has long friendly chats with them.

So as a presenter Rebecca de Alba has to be not merely beautiful, but also witty, charming, and comfortable talking to people.

At thirty-four, she's a little older than Ricky, but apparently he's known her for ten years. Which means they've known each other since he was seventeen years old, shortly after he left Menudo. According to *People en Español*, though, the relationship has been on and off.

Only recently has Ricky felt comfortable in talking about his personal life.

Regarding Rebecca, in that same *People en Español* article, Ricky is quoted as saying: "She is a very special woman. Whether or not we get married, she occupies a special place in my heart. Our relationship is not committed. We don't have titles, but we are together."

But could a relationship that had been on and off for ten years, last?

Apparently not.

GOOD-BYE, REBECCA

Another famous Spanish-speaking singer in the Latin world of music is a fellow by the name of Miguel Bose.

In fact, Ricky has called Miguel his favorite singer.

Recently, it has been reported, Miguel was seen with a beautiful woman.

And guess who it was!

Rebecca de Alba!

The news sent shock waves through the world of Ricky Martin fans.

Many posts were made to Ricky Martin mailing lists.

How could this be?

How could this woman prefer Miguel to "our Ricky"?

Well, in the world of celebrities, it's hard to say exactly what happened.

The subject was brought up to Ricky when he appeared on that Puerto Rican radio show, promoting his new single and new album.

What was going on with Rebecca de Alba? the interview asked him.

Well, Rebecca was still a very special person to him.

But yes, they had broken up again.

So there it is.

Ricky Martin is single again.

Very single again.

One of the things that's marvelous about Ricky is how nice he is to his fans. Whenever there are women fans around to greet him, he makes sure he takes the time to talk to them . . .

Sometimes he even kisses them.

So female fans, take note.

This romantic guy is single again.

And sometime, someplace . . .

He might be kissing you!

13

The Spiritual Ricky

Kriya yoga.

That's the discipline that Ricky Martin is into now.

Ricky got it from his trips to India.

"In Sanskrit it means 'Live your life as directed from within,'" Ricky told Liza Ghorbani of *Rolling Stone* magazine in April 1999. "I thought I'd have to stick my toe in my ear, but it's all about connecting your ear and your mind to get to a point where you get to hear the beat of your heart and the sound of the blood running through your veins. It's really intense."

"It's a sort of yoga that can be practiced without anybody knowing that you're doing it," Ricky elaborates in a recent issue of *People en Español.*

Kriya Yoga helps you achieve whatever you want with your soul, it would seem—by using your soul.

In fact, according to *People en Español*, Ricky was

practicing yoga and meditating even as the nominees for the Grammy for Best Latin Pop Performance were being read.

His spirituality, Ricky claims, helps him put his fame into place.

Not long ago, in fact, Ricky shaved off his beautiful hair and went to the very spiritual land of Nepal, where he meditated and read quite a bit—and just got away from things in general.

Ricky currently studies Buddhism.

Although he was born a Roman Catholic, and for years served as an altar boy, he doesn't say precisely what religion he practices now. Studying Buddhism doesn't mean you have to stop being a Christian, since Buddhism embraces all religions equally.

Recently, Ricky was given an audience with Pope John Paul II, which must have been not only a wonderful religious experience, but a true thrill, not only for him but his millions of Roman Catholic fans.

Ricky Martin has learned to keep himself disciplined spiritually and have the proper relationship with fame. He's said that it's natural for a performer to look for applause and approval from people and audiences, that they have to work especially hard to keep their feet on the ground and centered about what's important. Getting into a good relationship with his father has helped him a great deal, Ricky says, and keeping in touch with his home of Puerto Rico and all his family there keeps him balanced.

Another special part of his life, Ricky says, is his dog, Icaro, whom he always misses terribly when he goes away from his home in Miami.

Ricky finds great solace, though, in books and poetry of a spiritual nature.

One of his favorite books is Deepak Chopra's *Seven Spiritual Laws of Success*, which he's always telling people to read.

However, the one thread that pops up in many interviews with Ricky Martin is his love for a daily time of solitude and quiet.

Even in his busy life, in the midst of his whirlwind superstar's life, he takes twenty minutes a day, minimum, to be all by himself and remember who he truly is.

Good advice for anyone, whether a superstar or not.

14

Ricky's Videos

Hot wax dripped on Ricky Martin?

It's a striking image, and one used to good effect in Ricky's video "Livin' la Vida Loca" (Livin' the Crazy Life).

Images with music have helped musicians publicize their songs for years through television and other media. It's been the age of MTV for close to twenty years now, and with such Internet devices as RealPlayer (a program that puts music and videos on your computer), videos aren't going to go away. (For instance, I caught up with Ricky Martin's Grammy Awards performance thanks to a tape of it on the Web!)

Ricky Martin is no exception to this, and he's done his share of videos. In fact, with Ricky's background in acting, dancing, and TV (plus, of course, his striking good looks and great body), it's an area in which he excels.

Included in his video list are "Vuelve" and "La Copa de la Vida."

But one of the most effective Spanish videos was the one for "La Bomba."

"LA BOMBA" BEHIND THE SCENES

One of the questions that many interviewers around the world have asked Ricky is: Who was the women who appeared nude from the back up, jumping into a gorgeous swimming pool at the Nacional Hotel in Miami?

This, according to an article in the August 15, 1998, issue of *Eres USA*, was a top German model, who unfortunately had to jump into the pool many times before the director was happy. Each time she dived into the water, though, her beautiful waist-length hair had to be dry. So this all took a while.

"La Bomba," of course, is a pretty hot number.

Dancers were needed for the video, and dancers were exactly what director Wayne Isham (who also did the "Vuelve" and "La Copa de la Vida" videos) got.

Thirty of them, to be precise. (Not counting Ricky, of course.)

The video was shot in Florida—four different Miami locations:

Crandon Park, a beach in Key Biscayne.
South Beach.
The aforementioned Nacional Hotel.
And the Delano Hotel.

It took a while for everything to get set up, and it wasn't only the music that was hot—Miami gets warm indeed in the summer (which is when the video was shot).

If you'll remember, there's a lot of dancing on the beach in this video, as the horns swirl and the drums pound.

Well, it wasn't easy to do this!

These scenes were shot from a helicopter that dipped very low, making a frightful (and frightening) noise and kicking up sand all over the place.

Ricky showed up a little later and worked very hard. He was so nice to all the extras and dancers that they were more than happy to stay up well past two o'clock in the morning after a hard day (with only a short break to eat pizza).

The final scenes were done at the Delano Hotel, where more dancing was accomplished by Ricky and his faithful dancers.

One great video, and a delightful song.

Hopefully, all of Ricky's videos will be released in a package soon so that those of us who are not familiar with them can see them all.

"LIVIN' LA VIDA LOCA"

While you'd have to watch a Spanish channel to catch most of Ricky's previous videos, that was not the case at all with Ricky's first English-language video!

Ever since it was released, way before the single was available for purchase, MTV started showing the video of "Livin' la Vida Loca."

Almost immediately, it shot onto the list of MTV's most requested videos.

It was shown on *Total Request Live* for weeks and weeks.

And no wonder!

This is one hot video!

It helps to have a terrific song, and with its tasty guitar licks (and surfer guitar runs) adding fire to the basic Latin flavor, "Livin' la Vida Loca" certainly is not merely a fun song. It's fiery and catchy—the kind of tune that sticks in your head with the kind of lyrics that you remember.

What you remember about the video is not just the song, but Ricky Martin.

Oh, sure. There are plenty of beautiful women, some of them rather scantily clad. And the business with Ricky and the hot wax is most memorable.

In a recent interview in Puerto Rico, Ricky said that the beautiful woman in the video is a model from Croatia.

He also mentioned that the infamous wax scene just sort of . . . happened . . .

Apparently Ricky and his costar were just repeating some video scenes and, just as a joke, Ricky told her to pour hot wax on him. The director liked the idea a lot and made them do it over and over again until he got the take he liked. Sounds like things got very hot indeed for Ricky on that set!

Yes, there are plenty of diverting aspects in this video.

Basically, if there's a video out there with quicker cuts right now, I sure would like to see it. While Ricky sings about the girl who makes him live the crazy life, there are lots of flashes of him and the girl in various sultry poses (and later on driving like a couple of nuts in a convertible). Interspersed with all this, though, are female dancers in what looks like a discotheque, dancing, while our Ricky (looking so good!) stands on a stage and just belts out this great song, with waves of charm pouring off of him.

A recent article in the *L.A. Times* observed that while lately most alternative bands have been dressing down and staring at the ground while they sing, the new Latin male singers are so refreshing because they look straight at you.

Almost as though, the writer says, they could fall in love with you.

You get this about Ricky, the way he looks in the camera . . . The way he looks right at you as though he knows you.

The effect is electric, and Ricky certainly exercises it here in his video for "Livin' la Vida Loca."

Sure, there's lots of women about to get naked in the rain, following the verses of the song about dancing in the rain . . . but it's Ricky who is always the focus of this terrific, fast, fun, and very hot! hot! hot! video.

Ricky's a great singer, yes indeed—but he's also a very good actor, who knows exactly what to do with a camera. In a review of the song, *Entertainment Weekly* calls Ricky an "overnight studsation."

Studsation!

The magazine gives the song a B+ (a pretty good grade for *Entertainment Weekly*), saying that after you hear it, "you'll feel tousled and tossed aside yourself."

We'll pass over the magazine's sarcastic reference to "Latin Cheez Whiz." For one thing, the review was written by a guy, who maybe can't be expected to appreciate all there is to appreciate about Ricky Martin.

There's no question that Ricky will do feature movies in the future.

But you can be sure that ''Livin' la Vida Loca'' is not going to be this star's last video.

He has a face and a presence that are perfect for this kind of exposure.

15

The English Album

For a very long time indeed, Ricky Martin has been talking to interviewers about what he's been calling "the English Album."

In fact, it's not English in the sense that it comes from England.

It's just the first album that Ricky has done in English.

Well, the album will be out by the time you read this, and from this point in time it looks to be a monster.

The title is *Ricky Martin*.

Yes, yes, I know.

Ricky Martin is the name of his first album!

Well, Columbia Records (the arm of Sony that's releasing the new album) pretty much figured that since it's the first album that most people will be aware of, they might as well just state in bold print what this album is about.

Namely, Ricky Martin.

So why not just go ahead and name it after the star so that there's no mistake about it?

For months before the album's release date, Angelo Medina Productions, Ricky Martin's representatives, were teasing the public with news of exactly what was going to be on the album.

Of course, everyone knew that Ricky's new single, "Livin' la Vida Loca," would be included. After all, it was a great song and the video was driving people nuts on MTV. Giving the song four out of five stars, a reviewer from *The Straits Times* called it "sassy, salsa stuff in the vein of 'La Copa de la Vida.' It's set to be a hit for Martin and if the rest of the album is as good he is on the right track yet again." The single would go on to reach #1 on Billboard almost two weeks before the album went on sale.

Just to make sure that two songs that had already been worldwide hits would be appreciated by English-speaking listeners, Angelo Medina Productions also announced that both "La Copa de la Vida" and "Maria" would be on the new *Ricky Martin*, sung in what they call "Spanglish"—namely a combination of English and Spanish.

In other words, Ricky sings English on the verses and Spanish on the choruses, as in "Livin' la Vida Loca," with plenty of Spanish phrases tucked into the mix, but enough English so that American listeners understand what he's talking about.

This is also the album on which Ricky teams up with Madonna. The cut (which will doubtless soon become a single) is called "Be Careful." It's produced by the same guy who did Madonna's last hit CD, *Ray of Light*: William Orbit.

Ricky's production company announced that Madonna

would not be the only female artist who teams up with him on the CD. He sings a song called "Private Emotions" with Meja, a Swedish singer who's quite popular in Europe. This move guarantees success for the song and the album in Europe—but it also helps Meja, who's not as well known in the United States, break out there.

Of utmost importance is the fact that joining the cast of producers on *Ricky Martin* is Emilio Estefan, who has helped his wife, Gloria, and many, many other artists become huge successes in the United States.

One of the songs produced by Emilio Estefan is "Shake Your Bon-Bon."

Need I say that this is a dance song?

Ricky's other associates from past albums, such as Robi Rosa and Desmond Child, also contributed to the CD.

Another song will be "Spanish Eyes" or "Noche de Carnaval"—more snappy salsa.

Perhaps the most important song on the CD for Ricky, though, is "She's All I Ever Had" or "Bella." It's dedicated to his grandmother, who, as we know, died last summer.

As you may recall from elsewhere in this book, when he was in India, Ricky said that he'd been very influenced by Indian music and doubtless one day would acknowledge his debt of gratitude in a song.

Well, it didn't take him long to keep his promise.

"She's All I Ever Had" will, in fact, include solo instrumentals played on an Indian sitar—the instrument so popularized in the West by the Beatles and Ravi Shankar.

Also included on the CD, Ricky reported early on, would be two songs totally in Spanish, even though this is the English album. Ricky just could not abandon the

Spanish-speaking peoples who had done so much for him.

According to sources, this album cost far more than a million dollars to produce—and that doesn't include the hefty price it probably cost to get Madonna!

Get this!

Five million copies of *Ricky Martin* were pressed for international distribution.

Two million just for the USA!

Without question, the record company was absolutely positive that Ricky Martin had achieved superstar status.

And so he has!

RICKY MARTIN TRACK LIST

1. Livin' la Vida Loca
2. Spanish Eyes
3. She's All I Ever Had
4. Shake Your Bon-Bon
5. Be Careful (Cuidado con Mi Corazón)
   Performed by Ricky Martin and Madonna
6. I Am Made for You
7. Love You for a Day
8. Private Emotion
   Performed by Ricky Martin and Meja
9. The Cup of Life (Spanglish radio edit)
10. You Stay with Me
11. Livin' la Vida Loca (Spanish version)
12. I Count the Minutes
13. Bella (She's All I Ever Had)
14. Maria (Spanglish radio edit)

16

The Roots of
Ricky Martin's Music

"**I**t's all about fusion," Ricky told a television show called *S.O.P.* "I was born in Puerto Rico, a very small island in the middle of the Caribbean very influenced by Europe, very influenced by the United States, but mainly influenced by Africa. So, I try to work with the things that I grew up listening to—we've come up with a little bit of the danceable stuff and the romanticism, which is there because of the language I speak . . ."

The story of Latin American music is a complex and fascinating one, and something well worth studying more deeply.

As Cuban musicologist Emilio Grenet said many years ago, when Latin American music was becoming popular in America: "What is now presented . . . as something new, capable of producing new thrills, is not something which has been improvised as a tourist attraction, but a spiritual achievement of a people that has struggled during four centuries to find a medium of expression."

As a young boy in Puerto Rico, Ricky loved the radio. He loved pop songs, and he loved to listen to rock stations. Since Puerto Rico is linked to the United States in many ways, the radio stations had plenty of what American radio had to offer—and that was pop and rock.

Ricky listened to this all the time, he remembers—but his mother wanted him to be aware of his heritage as well: the music of his people, and of the other Latin American peoples of the islands, of Mexico, of Central America, and of South America.

Ricky loved it.

And so Ricky Martin was exposed to all the elements that would make up his "sound" of today at a very early age. This runs through his mind and body like blood.

Where does this Latin music that Ricky sings come from exactly?

FUSION

People who say they like only one kind of music are really misled. Any kind of music you hear doesn't just come into existence from thin air and then stay the same. All kinds of music grow and change—and have deep historical roots.

Fortunately, the music of the last few centuries can be traced by historians and musicologists, and that's why Ricky Martin the singer and composer, and his songwriters and producers and musicians, can look back and see the origins of his "sound."

When Ricky sings "Casi un Bolero" from the *Vuelve* album, he's singing a song very influenced by Spanish tradition. A "bolero" is a dance accompanied by a traditional form of Spanish music. Spanish music is as vital as the Spanish language in understanding Latin American music.

The "bolero" is actually a Spanish dance, like the "fandango" and the "jota," and these dances have influenced music the world over, especially famous European composers. Spanish music itself is a fusion, since Moors occupied much of Spain for many years in places like Andalusia, resulting in the "cante jondo" dance and most famously the "flamenco." (Ricky's "La Copa de la Vida," it has been said, is very flamenco-flavored.)

Each region of Spain had its particular culture, and when Spain settled the New World, all these different cultures exerted their influence in Latin America, spreading "romances" or ballads and the kind of song known as the "vilancico." The music of Portugal was an influence as well, but principally in Brazil, which was a Portuguese colony.

However, there was much more in the mix than European music.

The settlers from Spain and Portugal found the native peoples of the New World already had a rich heritage of music. However, this music was a part of their poetry and dance and was not performed separately. Although no records of the actual music exist, there have been plenty of old instruments discovered: drums and flutes and syrinxes (panpipes). Much of the music, of course, was sung. Historians know that musicians had an important place in pre-Columbian civilization, and music was a vital part of life.

Although the Spanish and Portuguese (and their African slaves) brought music that began to dominate Latin America, they knew the importance of music in native cultures and they used music to help spread the Christian faith. The native Indians were taught to play stringed instruments such as the guitar and were soon performing European songs of faith.

Over the centuries, while the churches and music halls of large South American cities mostly were filled with imitations of European styles, something else was happening in the huge spread of rural countryside.

This folk music arose from a combination of European and native instruments. Basic old melodies were changed by doing them in Spanish or Portuguese style. Plus, the dances of old became influential—along with the fabulously rhythmic music of Africa brought over by slaves.

Some of the examples of these that survive even today are the "villancico" and the "corrido" from Mexico, as well as the "cachua" or "guayno" from the Andes.

As is always the case, folk music influenced more "sophisticated" composers in the cities, and soon, as artists became more conscious of their national heritage, they deliberately searched for more influences from their own countries—while employing European forms of music as well.

Dances were always popular. Dances from the old country came to Latin America and helped produce South American dance styles, including the "habanera," the "danzon," the "jarabe," the "guajira," and the "tango."

From Ricky Martin's home of Puerto Rico, through Mexico and all the way down to the tip of Argentina, music and dance were a vital part of the different cultures that grew over the centuries, creating a rich and varied heritage.

This music, being a blend of different styles acting on each other over many years, was beautiful, rhythmic, and vital—filled with life and freshness.

Ricky Martin, though filled with all those things himself, is certainly not the first person to bring the music of Latin American to the United States.

LATIN MUSIC IN THE U.S.

It must be remembered that Latin music is an influence not only from outside the U.S., but inside the U.S. Now there are over thirty million Americans of Latin descent, a number that will make Latinos the largest minority group in the States by the year 2005.

However, this has not always been the case, and much of the Latin influence has been exercised by visitors and from other countries and new citizens. Although plenty of Chicano Americans in the Southwest and Ricky Martin's Puerto Rico made their sounds known, and the music known as "salsa" was mostly created in New York City, the sounds themselves are of Latin American and Iberian (Spanish and Portuguese) origin.

There are not many books out there about Latin American music in the United States. This is unfortunate, since Latin music has had a huge influence on popular American music, going in and out of style regularly, but never going away.

If you'd like to read a detailed study of Latin music in the United States, though, I would wholeheartedly encourage you get (and I think Ricky Martin would agree) an excellent book called *Latin Tinge—The Impact of American Music on the United States* by John Storm Roberts. It has just been reprinted by its publisher, the venerable Oxford University Press, in an inexpensive paperback version, available now in many bookstores or online. It's a key text for anyone seeking to understand the musical heritage behind Ricky Martin. In a review of the book, *New York Times* critic Robert Palmer said, "Roberts cares passionately about Latin music and he is able to describe what he hears in it clearly enough to enable the non-Latin listener to hear it too . . . *The Latin Tinge* is an important addition to the literature of American music."

In the book, John Storm Roberts points out that four main Latin countries contributed to the Latin musical presence in the United States: Mexico, Argentina, Brazil, and Cuba.

In the case of Ricky Martin and Puerto Rico, Cuban music probably had the most influence, since Cuba is quite close to that island and has a similar mix of native tradition blended together with Spanish and African sounds and rhythms.

Cuba, like Puerto Rico, is a close neighbor of the States—and before Castro and communism there was a great deal of travel back and forth, and along with travelers came the music.

One of the earliest Cuban musical forms to have an influence on Puerto Rico was the "habanera," a Cuban song form developed from the Spanish "contradanza" and French "contredanse." (The Spanish and French names are actually a form of the English words "country dance.") The form uses the African tradition of "call-and-response" (where two or more voices respond to each other) to a certain degree, but it probably became popular in America because it was simple, and because it could be easily written down as sheet music. This was the nineteenth century, remember, before phonographs, and so music had to be played live, on instruments, if it was to be heard. Many people could play piano and hungered for new songs to play in their parlors for family and neighborhood entertainment, and so any kind of music that could be reproduced as sheet music could spread quickly.

In the 1920s, the Cuban "son," a rhythm probably invented by Cubans, reached the United States and caused the "rumba" craze of the 1930s.

In his book, Roberts states that Cuban music was the strongest influence on the "hot" style of Latin music in New York that came to be known as "salsa."

The Cuban orchestras that had the most influence on American orchestras were the ones known as "charangas" and "conjuntos." Most likely the conjuntos, influenced by black carnival parade groups, had the most influence—particularly because of stars like Desi Arnaz who came to New York . . . and then the rest of America . . .

Yes! That Desi Arnaz who played Ricky Ricardo on *I Love Lucy* opposite Lucille Ball. As you may remember, Ricky was a Cuban bandleader who played the conga, a large drum strapped to his side. While he did a number of songs on the shows, you can bet that the original live Desi Arnaz was a lot hotter in 1939 when he played Broadway than he was on tamer American television.

Arnaz also appeared in quite a few movies in the forties, before his television fame—all emphasizing Latin music.

Although Puerto Rico has the same mix of influences

as Cuba, its influence on the mainland U.S. is probably not as strong as Cuba's.

Still, remember Ricky's song "La Bomba"?

That's a Puerto Rican musical style and dance, owing a large debt to African music.

Also popular in Puerto Rico (and something Ricky Martin must be familiar with) is the "plena," which, like the "calypso," features pointed political content. But you don't hear much of that kind of Caribbean island sound in Ricky's music.

Some, though, have called "Livin' la Vida Loca" "ska-inflected" ("ska" is the Jamaican music with horns that developed into "reggae," but has now been popularized the world around with a punk taste).

Ricky Martin must also know his island's "jibaro" music, which is extremely Hispanic. Songs of Christmas called "aguinaldos" must have been ringing through Puerto Rico when Ricky was born. Salsa musicians in New York use them sometimes. Mostly "jibaro" music has an effect on the way Puerto Rican singers phrase their songs, and Ricky may have picked up a few pointers from jibaro.

Ricky Martin spent over a month in Brazil in preparation for his album *Vuelve*, he says, and certainly the music of that nation has had an effect on the Latin sound—and in the United States.

Brazil's music, like Cuba's and Puerto Rico's, has been strongly affected by African rhythms—but they are gentler, "laid-back" beats. It should be remembered that Brazil's principal European influence is from Portugal, so some of their basic music is different from that of other Latin countries. Some of the Brazilian styles that have been popularized in the States are the "bossa nova," the "maxixe," and the "samba."

Doubtless, though, while Ricky was researching he heard a wealth of different styles, which he used to good effect in *Vuelve*.

One of the very earliest kinds of Latin music to cause a stir in the United States was from Argentina. This was the tango.

In the early twentieth century the dancers Irene and Vernon Castle made such a hit with the "tango" that Latin American dance became hugely popular in the United States and created many dancing schools. (In 1939, their career was depicted in a movie, *The Story of Vernon and Irene Castle*, with the most famous American dancer of all time, Fred Astaire.) The dance caught the attention of the United States because it is so sensual—as its name, "touch" in Spanish, suggests.

The music of Mexico is less like the others in that it has less African influence. Also, most of the Spanish who moved there were from the north of Spain, with different folk traditions. As Mexico developed as a nation, there were also more non-Spanish influences on Mexican music. These influences include the waltz and the polka (indeed, the accordion, associated with Eastern Europeans dancing the polka, is often used in Spanish music).

Ricky has spent a good portion of his professional life in Mexico, which has a vibrant musical life, and you can hear this in his music. The popular Mexican tradition of "romances," or ballads, has been reformulated into Ricky's own style of love song, the love songs that fill his albums.

Mexico has lent the United States yet more forms of music. "Marimba" music has become well known, and surely nearly everyone in the country has heard "mariachi" music, with its characteristic mix of trumpets, violins, and guitars.

When asked once if he ever serenaded sweethearts, Ricky Martin responded that while he would have like to have done so in Puerto Rico, he never could because it's against the law—Puerto Ricans, he claimed humorously, are famous for being too noisy.

However, the extremely romantic Ricky Martin has serenaded women in Mexico, he says, where it's quite legal and done all the time. Lovers, or would-be lovers, stand below the windows of their beloveds, singing as a way to please them and declare their love.

The crooners are often accompanied by mariachi bands. (Can you imagine what it must be like, standing on your balcony with the moon high in the sky, the scent of flowers in the air, and Ricky Martin singing in the street below? Wow!)

You have to wonder . . .

When Ricky serenades women in Mexico, does he bring along a mariachi band?

Or does he bring along Robi Rosa, Desmond Child, and Luis Gomez Escolar?

LATIN MUSIC RULES!

Those pulsing drums!

Those exciting, vibrant horns!

That incredible guitar and that insistent, syncopated beat.

The Latin music that Ricky Martin embodies so well is a living force, with a wonderful history and a satisfying, very rich and human present.

Latin music can be dance music—but it can also be peaceful and beautiful, as on Ricky's gorgeous "Casi un Bolero" and other ballads.

Latin music is a fusion of different traditions that adapts to all sorts of things and can give life deeper meaning.

Some people claim, in fact, that when some black musicians in New Orleans tried to play Latin music at the end of the nineteenth century, they invented jazz. Whether or not this is true, Latin music has influenced jazz—and jazz has influenced Latin music.

Whatever the case, thank heavens that it's coming back to enrich us all.

Thank heavens for the excellent Latin performers who are bringing it to us!

Thank heavens for Ricky Martin!

17

Ricky Martin
Vital Statistics

FULL NAME: Enrique Martín Morales
PLACE OF BIRTH: Hato Rey, Puerto Rico
DATE OF BIRTH: December 24, 1971
AGE: 27
ZODIAC SIGN: Capricorn
HEIGHT: 6'1"
WEIGHT: 165
HAIR COLOR: Light Brown
EYE COLOR: Brown
SIBLINGS: Fernando, Angel, Eric, Daniel, and Vanessa
MOTHER: Nereida Morales
FATHER: Enrique Martín
BEST QUALITY: Sincerity
WORST QUALITY: Sincerity

FEAR: Snakes
MAKES HIM ANGRY: Lies

RICKY MARTIN'S PREFERENCES

Favorite Vacation Destinations:
Puerto Rico
Key West, Florida
Rio de Janeiro
Seychelles Islands
Grand Canyon, Arizona

Favorite Movies:
The Godfather (U.S.)
Law of Desire (Spain)
Platoon (U.S.)
Il Postino (Italy)
Fresa y Chocolate (Strawberry and Chocolate) (Cuba)

Favorite Types of Music:
Classical
Classic Rock
Salsa
Brazilian
New Age

Favorite Poets:
Mario Benedetti (Uruguay)
T. S. Eliot (U.S.)
Garcia Lorca (Spain)

Arthur Rimbaud (France)
Angel Morales (Ricky's grandfather) (Puerto Rico)

Favorite Food:
Cuban (and presumably Puerto Rican)
Italian
Mexican
Chinese
Japanese

Favorite Books:
La Tregua—Mario Benedetti
The Seven Spiritual Laws of Success: A Practical Guide to the Fulfillment of Your Dreams—Deepak Chopra
Human Dilemma—Iraida Negroni (Ricky's grandmother)
One Hundred Years of Solitude—Gabriel Garcia Márquez
The Confidential Clerk—T. S. Eliot

Favorite Designers:
Georgio Armani
Dolce and Gabbana
Helmut Lang
Yohji Yamamoto
Paul Smith

Favorite Songs:
''Fragile''—Sting
''The Man I'll Never Be''—Boston
''Faithfully''—Journey
''Fuego de Noche, Nieve de Dia''—Ricky Martin

OTHER INFO

Favorite types of books:
Poetry
Philosophy
Art
Classics

Favorite Actor:
Robert De Niro

Favorite Singer:
Miguel Bose

Favorite Sports:
Skiing
Swimming
Horseback riding

Favorite Colors:
Blue
Black
Red

Favorite Pop Music:
Jazz
Sting
Phil Collins

Favorite Car:
Mercedes-Benz

Favorite Actress:
Demi Moore

Hobbies:
   Sleeping
   Playing the saxophone
   Reading

What Ricky Likes About His Body:
   His hair
   His eyes

What Ricky Doesn't Like About His Body:
   His legs

Ricky's Nervous Habit:
   Constantly touching his hair

Ricky's Favorite Animal:
   Dolphin

Ricky's Words for Himself:
   Happy
   Faithful
   Jealous
   A crybaby

Ricky's Pet:
   Dog (Icaro)

His Best Character Trait:
   Patience

18

Ricky Now—and Tomorrow!

"**S**ince the Grammys, my life has gotten crazy," Ricky Martin told Alisa Valdes-Rodrigues of the *L.A. Times*.

Ricky had been calling around to reporters, doing interviews to promote his new single "Livin' la Vida Loca," which would be officially released on April 20, 1999, and for *Ricky Martin*, the Columbia album to be released on May 11, 1999.

And no wonder!

The media was in a frenzy. Ricky's handsome face was all over the place. Ricky was the hottest male singer in a long time, and his swiveling hips on the Grammy Awards show had the impact of Elvis Presley's gyrations two generations ago in the fifties.

It had been announced that the album *Ricky Martin* would be released a few weeks later, but so relentless was Ricky Martin fever that Columbia Records' parent company Sony decided to move it up to meet the overwhelming demand.

"With all humbleness," Ricky reports in *Entertainment Weekly*, "I think we'll sell 10 million copies."

That same late-April issue of that excellent journal of popular culture reported that Sony CEO Tommy Mottola was in such a rush to get the album out that he tried to hurry along the recording sessions of "Be Careful" (Cuidado con Mi Corazón), the duet Ricky was doing with Madonna that might have been holding things up. Word is that Madonna got so upset she left the recording session, and Ricky had to play diplomat to get things going again.

In fact, Ricky Martin is Tommy Mottola's golden boy, so there probably wasn't much work to be done to calm him down. After all, the Sony CEO and his people were so pleased with Ricky's performance and Latin Pop Performance award at the Grammys that they flew him out to meet a European obligation on the company jet, instead of having him immediately catch a commercial flight, just so he could stay and celebrate at the Grammy parties.

There's more reason for Ricky's success, of course, than just the fact that he's a fantastic performer and singer. He's here at exactly the right time and he's got exactly the right type of Latin stuff, at precisely the time when Latin styles are having a strong impact.

In the *L.A. Times*, Jody Gerson, vice-president of EMI publishing, though talking about EMI's artist Enrique Iglesias, could have been talking about Ricky Martin as well when she said: "I've sort of felt this [crossover] happening for a while now. I felt there was sort of a lack of a real male pop star in the [mainstream] pop world. There wasn't that one white male artist."

Tommy Mottola points out in the same article that there hasn't been a white male star of this kind since George Michael.

So there is a void, a space that needs to filled.

And Ricky Martin is more than happy to fill it.

But what else do we need to know about him to understand and appreciate him better, who he is, and what is he doing?

And what are his plans for the future?

Just what is he going to do with all that talent?

And—oh yes—just what is all the fuss about the effect his performance has on a live audience?

RICKY LIVE!

After Ricky's performance at the Grammys, the audience jumped to its feet, roaring and applauding. And while the large television audience got some of the visuals and sound, the full Ricky Martin effect is probably best experienced live.

This guy is one heck of a performer.

Supposedly, before the Grammys, Ricky had been a bit nervous about performing in front of an audience that included some of his idols like Sting.

But he meditated, braced himself—and decided to deliver a whopping dose of what he's been giving audiences for years, hoping that people like Sting would remember him.

Sting will remember Ricky!

Often Ricky Martin tells audiences he is going to leave his heart and soul on the stage.

Ricky's stage show is quite spectacular.

Backed by a sharp, precise band who know exactly

how to whip out those incredible rock-influenced Latin sounds, Ricky usually uses tasteful yet effective lighting and audiovisual aids that emphasize the dramatic presentation of his songs.

Ricky looks great in all kinds of clothes, from fashionably formal to loose and snazzy—and his shows are a virtual parade of wonderful outfits that make him look just great. In fact, now that he's backed by designer Giorgio Armani, you can bet his shows are going to be like fashion runways.

Ricky Martin dances just great and sings with power and conviction. And when he moves those hips in perfect time with the music, he just knocks the ladies out. All the reviews of his shows I've read talk about a pandemonium of dancing breaking out during the concert, so powerful and driving is his performance.

With great songs and tight, right playing, Ricky's shows are always a musical experience to remember. However, what truly sets Ricky apart is the way he connects with each and every member of the audience. When you're at a Ricky Martin show, fans say, it's like he's singing just for you.

And the man is sincere about it, too. He's got all kinds of causes, and will often stop to talk about what he feels and cares about—like last year, when he talked about his concern about the AIDS epidemic before singing a song written by a Brazilian man who died young of the disease. He's also always ready to volunteer for a good cause, as he did in April 1999 by singing at the Rainforest Foundation Charity Fundraiser. (Ricky looked great in a suit and a hat, singing a Frank Sinatra song!)

Ricky Martin's shows are not just about entertainment. With verve and power, he brings his culture of Latin sound to everyone, singing of all the human emotions, and bringing together people of all races and creeds. We are all human beings, Ricky seems to say in his live shows. Let us weep our tears, let us love, let us celebrate—but most of all let us join together and heal ourselves and our feelings with love and excitement and music!

This year Ricky will be touring the world again.

He's due for a U.S. tour in the fall. He's already booked for a stadium show in July, so you can bet this is going to be one huge tour.

Will you be there?

RICKY'S ACTING

Ricky's been focusing on his music lately, but you can bet that after this incredible year he's going to be receiving lots of offers for leading roles in films. He's already acted in commercials, including the one he did with Janet Jackson for Pepsi-Cola. Rumor has it that he's already been offered a role in a new Oliver Stone film. He was also offered the lead in a remake of the famous musical *West Side Story*, opposite Jennifer Lopez. Ricky turned that one down because, although he admired Leonard Bernstein's music, he felt that the story reinforced Puerto Rican stereotypes, and above all he wants to show his people as they truly are.

It's no surprise that so many acting opportunities are coming to Ricky. After all, he appeared in that Zalman King–directed pilot for a TV show, as well as in *General Hospital*. And he won a Heraldo Award for acting in a movie in Mexico.

Prediction:

Ricky Martin is going to be just as hot a star in films as he is in the music world.

THE FUTURE

Ricky's also got a restaurant. It's called Casa Salsa. It opened in December of 1998 on Miami Beach's famous Ocean Drive, and while it offers a variety of dishes, it mostly serves the Puerto Rican dishes that Ricky loves so much.

For Ricky, it's kind of a home away from home when he's in Miami, but it also helps with his mission of carrying his culture to others.

Ricky's got a huge touring year ahead of him, but I'm sure you'll also see him pop up on plenty of TV shows. And bet on more nominations for next year's Grammys— and maybe even another terrific performance from the man himself.

But Ricky Martin will also have the time to work for the charitable causes that are so important to him, contributing his time and his money to plow the material things—and the love—that he's received from the world audience back into the world.

He's just that kind of guy.

He knows what's important in life.

Ricky's the front man for a lot of Latin stars that are going to break out soon into the American music scene, including Shakira, Jennifer Lopez, Luiz Miguel, Enrique Iglesias, Marc Anthony, and Miguel Bose. More rock and traditional groups with Latin sounds include Los Super Seven, Buena Vista Social Club, and Los Lobos.

They bring wonderful music, charisma, charm, and pizzazz . . .

But also they bring the warmth of a music borne of passion and love and the need to express feelings and needs.

"We are the fastest-growing genre of music, and you're seeing more and more non-Latinos pursuing Latin music," the May 13, 1999, *Rolling Stone* quotes Hollywood Records' Joe Trevino as saying.

Ricky Martin's vibrant personality and his music are just what we need.

Let us enjoy and appreciate this astonishing new star and be grateful for what he brings.

Let us celebrate Ricky Martin!

Information

WEB SITES

Official Ricky Martin Web Site:
  http://www.rickymartin.com

Latin Music:
  http://www.lamusica.com

Unofficial Ricky Martin Web Site:
  http://members.tripod.com/~SharonS/RickyMartin.html

FAN CLUB

Ricky Martin International Fan Club
P.O. Box 13345
Santurce Station
San Juan, Puerto Rico

E-MAIL

rickym@coqui.net

Exuding charisma and sex appeal, Ricky Martin strikes a pose.

Exudando carisma y atracción sexual, Ricky Martin posa.

Photo by A.P.R.F./Tramb/Shooting Star®

He's come a long way, baby! Little Ricky flashes the gorgeous smile that will later thrill millions of fans.

¡Como ha brotado! Ricky da su sonrisa brillante que luego emocionará a millones de fanáticos.

Photo by Globe Photos Inc.

Menudo struts their stuff. Ricky (far left) displays his signature hand moves.

Menudo se contonean por las camaras. Ricky (izquierda) demuestra sus movimientos de mano signaturos.

Photo by Greg DeGuire/© 1989 by Celebrity Photo Inc.

¡Ay caramba!

Photo by Barry King/Shooting Star®

Lo que has querido saber acerca del hombre detrás de la música:

- Su niñez en Puerto Rico
- Su introducción a la fama en el ''super grupo'' Menudo
- Su exitoso debut en Broadway
- Tras las cámaras en *General Hospital*
- Su noche triunfante en los Grammys®
- Los detalles de su último disco
- Datos personales
- Ocho páginas de fotos en colores

Descuento disponible para uso de promoción de productos o servicios. Para mayor información diríjase a: Special Markets, The Berkley Publishing Group, 375 Hudson Street, New York, New York 10014.

Ricky Martin

Livin' la vida loca
(Livin' the Crazy Life)

KRISTIN SPARKS

Traducción de Rodrigo J. Aguilar y Rodrigo
E. Álvarez de *El latino de hoy*, The Latin-
American Newspaper of Oregon

BERKLEY BOULEVARD BOOKS, NEW YORK

Si usted ha obtenido una copia de este libro sin la cubierta, le avisamos que es propiedad robada. Ha sido registrado en nuestros almacenes como tal. El autor y la casa editorial no han recibido remuneración por esta copia.

RICKY MARTIN: LIVIN' LA VIDA LOCA

A Berkley Boulevard Book / publicado en areglo con
Aladnam Enterprises, Inc.

HISTORIA IMPRESA
Edición Berkley Boulevard / agosto, 1999

Todos los derechos reservados.
Copyright © 1999 by Aladnam Enterprises, Inc.
Diseño de la portada Elaine Groh.
Foto de portada por A.P.R.F./Mouillon/Shooting Star®.
Este libro no se puede reproducir ni parcial ni enteramente ni por
mimegrafí a ni por cualquira otro medio sin permiso.
Para más información escribe a:
The Berkley Publishing Group es una división de Penguin Putnam Inc.
Dirección: 375 Hudson Street, New York, New York 10014.

La dirección en Internet de Penguin Putnam Inc es:
http://www.penguinputnam.com

ISBN: 0-425-17326-7

BERKLEY BOULEVARD
Los Berkley Boulevard Books son publicadiones de The Berkley
Publishing Group, una división de Penguin Putnam Inc.,
375 Hudson Street, New York, New York 10014.
BERKLEY BOULEVARD y su logo son
marcas registradas que pertenecen a Penguin Putnam Inc.

IMPRESO EN ESTADO UNIDOS

10 9 8 7 6 5 4 3 2 1

Contenido

Reconocimientos   vii

1   La copa de Ricky   1

2   Ricky, antes de ahora   11

3   ¡Menudo! ¡Menudo!   19

4   Ricky Martin, el solista   25

5   Ricky en *General Hospital*   34

6   Ricky en Broadway   38

7   El álbum que lo impulsó: *A medio vivir*   47

8   Un paso más allá de la grandeza: *Vuelve*   52

9   Ricky por el mundo   64

10   ''La copa de la vida''   70

11   La mayor tristeza de Ricky   73

12   La vida sentimental de Ricky   77

13   El Ricky espiritual   84

14   Los videos de Ricky   87

15   El álbum en inglés   92

16   Las raíces de la música de Ricky Martin   96

17   Ricky Martin: Sus datos personales   106

18   ¡Ricky hoy y mañana!   111

Información   118

Reconocimientos

Muchas gracias a Jimmy Vines y Ali Ryan, de Vines Agency, a Cindy Hwang de Berkley, a Joe y Ellen Donohue, a Martha Bayless y a los admiradores de la telenovela *General Hospital* quienes me ayudaron con ese capítulo. Y, por supuesto, muchísimas gracias a los admiradores de Ricky Martin por su ayuda con la investigación de este libro. Gracias también a Rodrigo Aguilar y a Rodrigo Álvarez, traductores de *El latino de hoy,* The Latin-American Newspaper of Oregon.

¡En especial muchas gracias a Chris York!

Ricky Martin

Livin' la vida loca

(Livin' the Crazy Life)

1

La copa de Ricky

¡Él se veía tan guapo!

En el mundo de la música, uno de los eventos más emocionantes del año es el de los premios Grammy.

Músicos de todo el mundo son premiados allí por sus canciones y actuaciones, así como por los estrenos de sus discos compactos, casetes . . . y sí, también discos de acetato. Tradicionalmente, los nominados también cantan sus canciones para el público dentro del teatro y para los millones de espectadores del mundo que han sintonizado el evento.

Su nombre era Ricky Martin, cantó y actuó "La copa de la vida". Su danza y canto era de tal vitalidad y talento que hizo que el mundo se sorprendiera y pusiera atención.

Ricky Martin estaba nominado para el premio por la mejor actuación en la música popular latina. Subió al

escenario con gran presencia y fuego, e inmediatamente se hizo dueño de él, transformando su actuación en una impresionante e intensa presentación, era tan divertida que lo hizo merecedor de una ovacion.

''La actuación de Ricky Martin en 'La copa de la vida' fue, según el clamor popular, lo mejor del show'', reseñó la revista *Rolling Stone* en su edición del 15 de Abril de 1999.

''El estaba feliz y gozando de estar allí'', dijo Beck, la estrella de rock, en esa misma edición. ''Él aún no había terminado, y el público lo aplaudía''.

Y una persona muy importante quedaba impresionada.

Madonna tomó tiempo de su viaje espiritual *Rayo de luz* para convertirse nuevamente en ''la chica materialista''.

''El momento más electrizante de la noche'', reportó *Entertainment Weekly*. ''La Copa de la vida estaba llena de alto voltaje que generó el cantante, el ex Menudo Ricky Martin''.

''De hecho, la salsa impresionó tanto a Madonna que, tras basfidores inesperadamente saltó sobre una plataforma para besar a Ricky Martin. 'Tuve que sorprenderlo', dijo la artista después. 'El es tan guapo' ''.

Ricky de veras se veía lindo, con su nuevo corte de pelo, su camisa de Armani y ajustados pantalones negros de cuero.

Un hecho interesante es que Ricky Martin había cantado esa misma canción ante un público aún mayor. ''La copa de la vida'', por Robi Rosa, Desmond Child y Luis Gomez Escolar fue la canción oficial de la Copa Mundial de Fútbol en julio 1998.

Se estima que dos millones personas vieron a Ricky

cantar la pegajosa y emocionante melodía antes del partido entre Brasil y Francia.

Ricky esperaba que sus primos brasileños ganaran, pero en cambio, Francia sorprendió a todos. No importó. Ricky sí ganó el premio por la mejor actuación latina en los premios Grammy.

Hay que entender que muchos televidentes norteamericanos nunca habían oído de él, aunque ha estado en el negocio del espectáculo desde los seis años y canta desde los doce. Además ha actuado en la televisión norteamericana por años y ha vendido quince millones de álbumes en todo el mundo.

Es una triste verdad que muchos estadounidenses no sepan lo que pasa en el resto del mundo. Incluyéndome a mí.

"¿Quién es este tipo?", me pregunté.

Y así empecé a investigar. Compré sus discos compactos, videos y también busqué información.

Esta es la interesante historia de un gran cantante, intérprete y actor, que ya ha cautivado millones de corazones femeninos, y que pronto ha de conquistar a muchos, muchos más en Estados Unidos. Más importante aún este es el retrato de un hombre fascinante y espiritual. ¿Quién es, exactamente, Ricky Martin?

UN ARTISTA MARAVILLOSO

Una o dos veces en cada generación surge un artista de talento asombroso y tanta sensualidad, con una personalidad capaz de conectarse con públicos de todo el mundo, a pesar de las barreras del idioma. Así es Ricky Martin.

''No hay que saber una sola palabra de su lenguaje para apreciar la poesía de su actuación'', afirma el crítico de rock Barry Walters de la revista *Rolling Stone* en la reseña que realizó de *Vuelve*, el cuarto disco compacto de Ricky. Asombrosamente esa misma edición mostró que las ventas de *Vuelve* subieron un 470% después de los premios Grammy. ''. . . la presentación en los premios Grammy del himno a la Copa Mundial de Fútbol, 'La copa de la vida,' incluso ha inspirado a los estadounidenses que antes no sabían de él, a ponerse al día con . . . su álbum en inglés, que saldrá mas adelante este año''.

Ese álbum ya salió a la venta y, por supuesto, está subiendo en popularidad. La gira de Ricky Martin por Estados Unidos al final del año 1999 lo hará más popular aún, al grado de otros artistas latinos como Gloria Estefan, Selena y el ídolo y consejero de Ricky Julio Iglesias. Por cierto, su participación artística con Madonna, Janet Jackson y otras estrellas indica que Ricky se encamina a esas alturas. Si es que ya no las ha alcanzado.

Pero un momento . . . La música salsera que Ricky interpreta está poniendo las cosas bien emocionantes. (Porque tiempo atrás, cuando intérpretaba *pop*, no estaba seguro de que podría interpretar la salsa tan bien como su amigo Rubén Blades. Sin embargo, el tiempo ha demostrado lo contrario, y los ricos sonidos del *soul* latino lo han llevado a la fama). Despacito . . . veamos, y examinemos a Ricky. Más tarde conoceremos su biografía en detalle pero necesitarán saber algunos hechos.

Un boceto

El nombre verdadero de Ricky Martin es Enrique Martín Morales. Nació en Hato Rey, Puerto Rico, el 24

de diciembre de 1971. De toda la música, prefiere la música tradicional puertorriqueña; es la que más le gusta y el jura, que no importa a dónde se dirija musicalmente, el no se apartará de los ritmos y los sentimientos de la tierra que lo vio nacer. ("Mi casa está en Miami, pero mi hogar está en Puerto Rico"). Ricky siempre ha demostrado un gran deseo por la interpretación. Cuando le anunció a sus padres que quería ser una estrella, ellos no se lo impidieron. Ricky comenzó haciendo comerciales de televisión en San Juan y por medio de clases fue mejorando su oficio de canto y actuación. Sus padres se divorciaron. Sin embargo, ambos continuaron apoyando a Ricky en su ambición.

"Mi niñez fue muy sana", dice Ricky en la página que Sony le dedica en Internet". Estuve cerca de mis padres cuando se divorciaron. Hice lo que quería. Vivía con mi mamá si quería, y lo mismo con mi padre. Yo sentía el mismo cariño por los dos. Siempre asistí a escuelas católicas".

No tardó mucho para que las ambiciones del joven cuajaran. Desde temprana edad Ricky sabía lo que quería: ser un integrante de Menudo, la sensación pop latina. Este fenómeno fue una creación al estilo de los Jackson Five, de niños que cantaban y bailaban al ritmo de contagiosas melodías, y que alcanzaron distintos grados de éxito a través de los años. Ricky sabía que era posible, porque cuando un chico de los Menudo pasaba de cierta edad, lo reemplazaban por uno más joven para mantener la edad del grupo por igual. Durante ese tiempo Ricky continuó su educación con tutores del Departamento de Instrucción Pública de Puerto Rico.

Tomó unas cuantas audiciones, pero al final, a Los

doce años, Ricky llegó a ser parte de Menudo y logró gran popularidad, viajó por muchos países y grabó muchos álbumes. A la edad de diecisiete años dejó el grupo en busca de su propia carrera, no como un chico sino ya como un hombre.

Ricky pasó un tiempo en Nueva York. Intentaba orientar su carrera hacia la actuación, pero se dió cuenta que tenía que dejar tiempo para sí, para madurar, encontrarse a sí mismo como persona, antes de continuar como artista.

Cuando decidió salir de este tan necesitado descanso, encontró que México no se había olvidado para nada de él. Su sueño de convertirse en artista se le hizo más fácil por el hecto de que ya era cantante. "En México todo lo que hice en actuación tenía que ver con la música. Participé en una telenovela en donde también canté el tema, actué en un show llamado 'Las madres también aman el rock', y me fascinó".

Fue al final de su estadía en México que Ricky lanzó su carrera artística como solista, con el álbum *Ricky Martin*. También estuvo involucrado con el grupo "Muñecos de papel", el cual atraía a muchedumbres de fanáticos. A pesar de este éxito como solista, Ricky siempre estuvo dispuesto a nuevos desafíos, y muy pronto tuvo que enfrentar un reto enorme. Fue en la famosa telenovela *General Hospital* donde Ricky se dio a conocer con el público de habla inglesa de Estados Unidos. Allí se transformó en el personaje popular, Miguel Morez.

Miguel, quien fue un auxiliar de enfermero llegó a ser un *barman* en la famosa ciudad ficticia de Port Charles. El personaje es un cantante puertorriqueño (¡gué talentoso!), y con un pasado misteriosa. Cuando Ricky dejó la telenovela después de tres años, fue tal la popularidad

de Miguel Morez que la puerta siempre quedó abierta para que regresara.

Sin embargo, Ricky se fue por dos razones importantes. Una fue que nunca abandonaría su carrera como solista. Después de la popularidad inicial del álbum *Ricky Martin* hizo *Me amarás*. Las audiencias latinoamericanas lo convirtieron en estrella inmediatamente en sus respectivos países, con su primer álbum. Y con el segundo sólo aumentó su fama aún más. La Pequeña Judy de ''Lamusica.com'' lo expresa mejor en su excelente página de la Internet. Ella llegó a interesarse en la música pop latina en 1991, gracias a los domingos en la tarde frente a la televisión, y a aquellos atardeceres junto a sus vecinos latinos.

''Entre los interminables desfiles de rostros atractivos, cantando pegajosas baladas y contagiosas melodías pop, Ricky Martin me llamó la atención. Él poseía lo que muchos llaman 'calidad de estrella' y que otros llaman 'una rara energía y habilidad para comunicarse con el público''.

Ricky estaba verdaderamente en camino del estrellato en el canto y la actuación. Siempre existió la pregunta si algún día haría otro álbum con Menudo. La respuesta que siempre daba a esta pregunta fue la cita siguiente que apareció en de America OnLine en 1996:

''Menudo fue una gran experiencia y un gran comienzo . . . La mejor de las escuelas, pero ahora mis sueños son diferentes y estoy haciendo todo lo posible para hacerlos realidad. Hoy diría que no, pero quizás sí en el futuro, ¡uno nunca sabe!''.

Los sueños de Ricky siempre incluyeron el canto y la actuación en Broadway, y él nunca lo ocultó. Cuando el

productor de la gran obra *Les Miserables* se enteró de
este sueño, y se comunico con el imediatamente. El actuó por tres meses en el papel de Marius, un personaje
importante en la obra. Los críticos y el público apro-
baron su actuación y su canto, y támbien su carisma
con el público. ''Creo que mi debut teatral en Nueva
York no pudo haber sido más interesante'', nos dice
Ricky en su página Sony del Internet.

Eso fue en 1996. El año anterior sacó su tercer álbum como solista, *A medio vivir*, el cual incluyó la
canción ''María'', que alcanzó gran popularidad en muchos países, más allá de los de habla hispana y portuguesa, que Ricky ya había conquistado. Viajó
ampliamente, aumentando su popularidad con su electrizante espectáculo.

En 1997, Ricky hizo el papel principal en el doblaje
al español de la película animada de Disney *Hércules* y
en la que, por supuesto, también cantó.

Aunque cada uno de sus álbumes han sido mejores
que los anteriores, éste no preparó al mundo latino o de
otras nacionalidades para el debut del explosivo álbum
Vuelve. Esta canción, enteramente en español (¡Está bien!
Excepto por: *go! go! go! go*! en ''La copa de la vida''),
se ganó el corazón de millones alrededor del mundo, y
vendió más copias que todos los álbumes anteriores. Con
la ayuda de Robi Rosa y Desmond Child, Ricky creó un
álbum lleno de canciones de un sentimiento internacional, usando elementos del rock clásico mezclado con
una manera apasionada de cantar los ritmos pop y latinos
y produciendo una obra soberbia.

Ahora, con su álbum en inglés (bueno, no completamente en inglés, pues tiene dos canciones en español,

como homenaje a sus raíces) sigue sorprendiendo al mundo. Ricky Martin ha llegado a ser una estrella que no se duerme en sus laureles, sino que busca un continuo mejoramiento propio. Esta es la clase de artista que continúa llegando al corazón de la gente y alegrándoles las vidas por décadas.

Ricky aún es soltero, pero está preparado para cuando llegue una mujer importante a su vida. No obstante, en este momento, su carrera es su mayor interés. ''Me asusta cuando me enamoro'', dice en un artículo de una página Internet asiática, . . . ''porque yo lo doy todo. En vez de encontrar a alguien que se quede a la sombra de mi carrera, me gustaría encontrar a alguien que me motivara y me ayudara a seguir, que me diera ideas''.

Fanáticas: ¿Tienen alguna idea para Ricky Martin?

Queda mucho, mucho más por conocer . . .

Lo anterior sólo hechos en general. Son las cosas que uno lee en una biografía rápida y que hacen que la vida del joven Ricky Martin parezca fácil y sin problemas u obstáculos.

Sus canciones y actuaciones son prueba de su talento. Pero, ¿cuál es la historia real, cuáles son los hechos a fondo detrás del ascenso de esta superestrella? ¿Cuáles han sido las penas y tragedias de Ricky, sus alegrías y deleites?

¿Cuáles son los pequeños detalles acerca de él que harían que sus admiradores se sintieran más compenetrados con este gigantesco talento?

Esa es la meta de mi libro. Es mi esperanza, que al

final de este libro, ustedes tengan un entendimiento mejor de este hombre notable.

Así que ¡prepárense! Porque voy a hacer que conozcan mucho mejor a Ricky Martin.

2

Ricky, antes de ahora

Ricky ha vivido en las colinas de Hollywood en Los Ángeles y en otras partes del mundo. Ahora posée en Miami una glamorosa casa y es vecino de Madonna. Sin embargo, lo dije antes y lo diré de nuevo, aunque Ricky viva en otro lugar él siempre considera a Puerto Rico como su hogar.

¿Qué es lo que más le gusta de Puerto Rico?

Cuando Enrique Martín Morales nació en Hato Rey, en la Navidad de 1971, Puerto Rico ya era una tierra de un patrimonio cultural muy rico y de una historia muy inusual. La tierra natal de Ricky es una isla al norte del mar Caribe y al sur del océano Atlántico entre una serie de islas conocidas como las Indias occidentales. Las Islas Vírgenes de Estados Unidos se encuentran al este y la República Dominicana al oeste. Su nombre oficial es el Estado Libre Asociado de Puerto Rico, porque aunque

está asociado con Estados Unidos, no es un estado.

Puerto Rico es una isla de más de tres millones de habitantes. Su clima es cálido en el invierno y más cálido en el verano, siendo el período de lluvias más fuertes el de julio a octubre, que es la época de los huracanes. Es exuberante y tropical de suaves brisas y deliciosas frutas. Los aromas de sus tierras fértiles y los entornos marinos son maravillosos. Es también bastante montañoso y posée una llanura costera quebrada.

Sus ciudades principales son los puertos de San Juan (donde Ricky se crió) y Ponce. Ustedes se preguntarán cómo llegó Puerto Rico a ser parte de Estados Unidos y no ser un estado? Es una larga historia.

Cristobal Colón descubrió a Puerto Rico hace más de quinientos años, el 19 de Noviembre de 1493. Nombrá la isla San Juan Bautista. Los habitantes indígenas las llamaban Boriquén. Colón la reclamó para España, y los españoles le dieron a su puerto principal el nombre de Puerto Rico. Los españoles alejaban a los indios o los dominaban. Sin embargo algunos escaparon a las montañas y luego, se mezclaron con los europeos, y con otras razas.

Puerto Rico es una isla estratégicamente importante, por su ubicación España la fortificó militarmente. Tuvo una larga historia bajo el gobierno español, durante el cual hubo algunas sublevaciones, pero en general fue un período pacífico. La colonia española producía azúcar, tabaco, algodón, cacao y añil arbusto (de cuyos tallos y hojas se saca una substancia colorante).

Al final del siglo XIX, aunque gran cantidad de su población hablaba el español, España estaba a punto de darle a Puerto Rico su independencia. La esclavitud se abolió en 1873. En 1897 Puerto Rico ya tenía su propio

gobierno. Luego ocurrío la guerra entre Estados *Unidos* y España. Aunque hubo disparos entre la flota norteamericana y los defensores de San Juan, y también algunas escaramuzas entre ambas fuerzas, no hubo grandes batallas. Sin embargo, Estados Unidos ganó la guerra y Puerto Rico se tuvo que rendir el 10 de diciembre de 1898.

Si bien Puerto Rico había llegado a ser una colonia de Estados Unidos y estaba siendo controlada por un gobierno militar encabezado por los norteamericanos, el interés de Estados Unidos en la isla era por su naturaleza estratégica, que por cualquier fin económico. De hecho, la colonización de Puerto Rico por parte de Estados Unidos lleva casi inmediatamente a la construcción del canal de Panamá y a otras obras en Centroamérica.

Por cierto, Puerto Rico estaba teniendo problemas económicos y fue ayudado por los EE.UU. El Acta de Foraker creó el intercambio libre aranceles entre la Isla y Estados Unidos; también hizo que sus ciudadanos no pagaran impuesto. Puerto Rico ha tenido la oportunidad de votar para llegar a ser un estado norteamericano, sin embargo, su población, que ahora se autogobierna, siempre se ha opuesto a esta idea.

Como puertorriqueño Ricky Martin nació con ciudadanía estadounidense. Sin embargo, aunque no tiene que pagar impuestos a Estados Unidos (¡eso creo!), tampoco tiene el privilegio de votar en sus elecciones. No es asombroso que Puerto Rico haya elegido permanecer siempre de la misma manera.

LA NIÑEZ DE RICKY

La Historia por sí sola no nos cuenta mucho sobre Puerto Rico. Es un lugar fascinante y rico culturalmente. Ricky Martin nació en una sorprendente mezcla de culturas y civilizaciones. Ricky nació el 24 de diciembre de 1971, a las cinco de la tarde, mientras la población de Puerto Rico—en su mayoría católica—se disponía a celebrar las Navidades, compartiendo con familiares, amigo, y vecinos. El pueblo de Puerto Rico, católico apostólico y romano se preparaba para las celebraciones navidenas y para compartir entre familiares y vecinos una ¡Feliz Navidad!

Los padres de Ricky son Enrique Martín y Nereida Morales. En su certificado de nacimiento dice "Enrique José Martin Morales", pero su familia lo llamaba "Quique". "Esa noche navideña recibí uno de los regalos más hermosos que Dios me ha dado en la Navidad", le dijo Nereida Morales a David de la Torre, para su libro *Ricky Martin: La historia verdadera* (1997): "Un pequeño ángel en mis brazos sonreía inocentemente".

Los meses anteriores no habían sido fáciles para la madre de Quique. Dos meses antes había tenido que y guardar cama, lo cual fue difícil para ella, por ser una mujer muy activa y enérgica (iguala como sería su hijo). Ricky nació prematuramente.

Los padres de Ricky ya tenían dos hijos mayores que él. Deseaban una niña, pero estaban bastante felices con Ricky.

"La primera vez que lo ví, lloré", dice Nereida en la edición de Mayo de *Cristina, la revista*. "Pensé que era un regalo que Dios me había enviado para la Noche

Buena, nuestra familia entera brindó (yo con agua por supuesto y celebró el nacimiento. Es por eso que mi madre siempre ha dicho que este niño nació bendito y que él haría algo importante con su vida".

Ricky tuvo una niñez feliz y sana jugando con sus medio hermanos (por parte de madre): Angel ("Pucho") y Fernando. (Posteriormente tuvo tres hermanos más, cuando sus padres tuvieron más hijos en otros matrimonios: Eric, Daniel y Vanessa).

Lamentablemente, cuando Ricky tenía dos años de edad sus padres se divorciaron. Aunque ambos compartían la custodia de Quique, ésta separación ocasionaría algunos problemas. Sin embargo, por suerte desde temprana edad Ricky tuvo compañía, y el apoyo de sus padres.

Ricky mostró su independencia desde pequeño. Un día él y su madre estaban de compras. El iba al lado de la madre y de pronto desapareció. Esta fue una de las peores experiencias en la vida de ella. Menos mal que unos minutos más tarde lo encontró a salvo, mirando la vitrina de una tienda de juguetes.

Para Quique la adaptación al primer grado fue difícil. Cuando su madre lo dejaba en la escuela lloraba inconsolablemente. Los maestros pensaban que tendría que ponerlo en la escuela al año siguiente, pero su madre sacó tiempo de su trabajo para ayudarlo a superar la separación. Ella se sentaba en un parque al frente de la escuela para que en cualquier momento Quique la pudiera ver por la ventana, y se diera cuenta que su madre no lo había abandonado. Pronto, el típico amor de Quique por las demás personas se demostró cuando se encariñó con sus maestros.

Desde una corta edad Ricky se fascinaba con la ac-

tuación. Le encantaba la televisión, las películas, los cantantes, y a menudo, trataba de imitar a los artistas que veía. Quique sabía lo que quería, y sus padres lo animaron a que siempre siguiera sus sueños.

"Cuando tenía seis años le dije a mi papá: 'Papá quiero ser un artista'. Bueno, por supuesto se sorprendió. —'¿De donde sacaste esta idea?,' me dijo. 'Si quieres ser un artista, ¿cómo podemos ayudarte para que lo consigas?' ', Ricky comentó para la revista *Hikrant*.

Enrique Martín Negroni es sicólogo. La madre de Ricky es contadora. Ambas profesiones distan mucho del mundo del espectáculo. "Ambos querían darle a su hijo todo lo que él quisiera", Ricky agregó para esa entrevista. " 'No hay problema, yo puedo con esto' ", dije, como testarudamente responden los chicos de seis años. Mi papá me llevó a una agencia de modelos. A los siete años hice mi primer comercial de televisión".

Durante este tiempo vivía con su madre en la semana y los fines de semana con su padre, quien desempeñaba un trabajo importante para el gobierno puertorriqueño. A su vez, su madre trabajaba como secretaria ejecutiva y administradora de una compañía de seguros.

Quique consiguió llamar la atención por sus comerciales de refrescos y luego comenzó a actuar en el teatro. Él no sólo era un actor al que le encantaba la atención de los demás, sino que también era un chico muy bien parecido, lo cual, lo ayudó en sus ambiciones.

Dos programas de televisión provacaron un particular efecto en el joven Quique:

Uno fue *El chavo del ocho*, una comedia. El otro, de manera más significante fue *La Gente joven de Menudo*.

Menudo.

Quique había escuchado a los chicos de Menudo en

un programa de televisión. Sus canciones estaban siempre escuchándose en la radio. El programa de televisión era uno de esos de variedades, era el más popular en Puerto Rico.

La mayoría de los latinoamericanos, por supuesto, conocen a Menudo. Pero puede que muchos jóvenes norteamericanos no. ¿Se puede decir que fue un conjunto musical de niños? Bueno, digamos que Menudo fue un conjunto musical de niños creado por un productor, a los cuales se les daban canciones para cantar. Eran un tanto parecidos a los Jackson Five como también a sus contemporáneos, ''Backstreet Boys''. La diferencia importante de Menudo es que ellos sí eran niños. Ninguno tenía más de quince o dieciséis años; diecisiete era la edad máxima para pertenecer al grupo. Cantando y bailando se conocieron como ''El milagro de Puerto Rico''. El joven Quique se obsesionó con ellos.

''Recuerdo que tenía un sólo sueño en la vida'', cuenta Ricky en el libro *Ricky Martin*. ''Y ese sueño era el de pertenecer a Menudo. Estaba encantado con sus canciones, sus bailes, el reconocimiento del público, el aplauso y la demostración de cariño de la gente hacia sus sus miembros. Cada una de estas cosas me inyectó el deseo de ser uno de ellos''.

Cuando el miembro más popular del grupo, Ricky Meléndez, tuvo que dejarlo por su edad, los directores anunciaron audiciones en su oficina. Quique rogó que lo dejaran participar en la audición. Consiguió su deseo, pero se encontró compitiendo con casi seiscientos otros chicos. No obtuvo el trabajo. Así lo pensó al principio, En realidad a los Menudo les habia gustado mucho Quique, pero pensaban que se veía muy joven . . . y sobre todo que era de muy poca estatura.

Quique estaba decidido. Era aplicado en la escuela, practicaba canto y baile, y cuando podía jugaba baloncesto para mantenerse en forma. Su madre lo llevó al doctor quien les aseguró que crecería y engordaría. (Y véanlo ahora, ¡con 6 pies y 1 pulgada!)

Luego Quique tuvo otra oportunidad. Algún tiempo después, tuvo veinte chicos que les habían gustado a los productores, fueron llamados nuevamente para otra prueba. Quique llegó vestido de manera diferente a la anterior y se esforzó mucho ante los jueces. Lamentablemente, su estatura era todavía un problema, pero como él sabía que crecería no se preocupó.

Aún quedaba otra audición. "Mis padres me apoyaban mucho, pero no eran los padres típicas de un niño artista", Ricky afirmó en una conversación a través del Internet en AOL. "Para la primera audición fui en bicicleta. Volví a casa, y les dije a mis padres que me iría porque me iba a dedicar a ser artista. Entonces yo tenía once años. Se empezaron a reír, pero luego se pusieron a llorar".

Ricky debe haberse referido a aquella primera audición de Menudo, porque cuando ocurre la tercera, él ya tenía doce años. Un día, después de esa audición en la cual Quique había dado lo mejor de sí, recibió un mensaje de los directores de Menudo.

3

¡Menudo! ¡Menudo!

El mensaje que Quique recibió fue: "Preséntate con tu padre mañana para firmar el contrato, porque has sido seleccionado para ser parte de Menudo". Quique, que estaba comiendo con sus padres, perdió el apetito. Todo el resto del día no sintió hambre.

¡Menudo! ¡Su meta en la vida! ¡Lo había logrado! Decir que estaba emocionado es decir poco.

Veamos qué era Menudo para tener una idea de su importancia. Y también para ver el papel que jugó Ricky Martin en todo. "Menudo" es una muy conocida sopa mexicana. Esta no es la razón por la cual Menudo se llamó así. Existen otras razones.

Después de veintidos años el grupo Menudo es considerado como uno de los más sorprendentes grupos en la historia musical de latinoamérica. Han vendido más de treinta millones de álbumes y se conocen en todó el

mundo. Edgardo Díaz creó a Menudo, en Puerto Rico, en 1977.

Indudablemente, Díaz se había enterado de la existencia de grupos de rock fabricados, como *The Monkees*. En cambio, lo que él quería era tener un grupo de cantantes y bailarines como la familia Osmond, y más importante aún que fuera un grupo de jóvenes, encantadores y talentosos. El grupo fue diseñado para que tuviera un mayor atractivo al limitar la edad de sus integrantes. De este modo, cuando un miembro era ''muy viejo'' tenía que irse y ser reemplazado por otro de talento prometedor.

Menudo rompió las barreras del idioma y batió *récords*. A mediados del año 1978 era el primer grupo de música pop en español en llegar con popularidad en Estados Unidos. Pronto, todo el mundo adoraba a Menudo. No sólo los programas televisivos de Menudo se transmitían a latinoamérica—los que inspiraron al joven Ricky—, sino que también sus álbumes en español se tradujeron a otros idiomas y se vendieron por todo el mundo. Menudo incluso hizo una película.

En el tiempo en que Ricky comenzó sus audiciones para ocupar el lugar de Ricky Melendez, Menudo ya había empezado a romper récords de capacidad en sus conciertos.

La revista *People* expresó en 1983: ''Dice un periodista *puertorriqueño* que los ha visto desarrollarse, 'Menudo les ha dado aspiraciones a los chicos hispanohablantes. Cantan temas sanos, positivo y un tienen un ritmo que uno puede bailar' ''.

''Menudo es una fórmula y nos preocupamos de no romperla''. Cita *People* en una entrevista a Edgardo Díaz. ''Cada miembro es seleccionado cuidadosamente, porque es una vida difícil, con los ensayos, las presen-

taciones, las grabaciones y muchos viajes. Yo elijo a gente como yo. Nunca dejo a los chicos [solos]. Por nuestro ejemplo, ellos ven que si tu trabajas duro luego *consigues* lo que quieres. Mostramos el lado bueno de la cultura latina' ''.

Algunos de los éxitos de Menudo son: ''Súbete a mi moto'', ''Si tú no estás'', ''Quiero ser'', ''Los últimos héroes'' y, ''Por amor''.

En 1983, justo antes de los días de fama de Ricky Martin junto a Menudo, la revista *Time* dijo: ''Ricky Meléndez es el primo del jefe y el único miembro *original* que queda. También le quedan cinco meses para cumplir los dieciséis años. Así que, por contrato sus días con Menudo están contados. Cuando cambian las voces todo cambia'', explica Díaz.

En la edicion del 16 de abril de 1984, la misma revista una reseña sobre el álbum *Reaching Out* sugería que si ese año las olimpíadas de verano iban a tener un grupo oficial de rock, debería ser Menudo.

El autor de la reseña Eric Levin agregó: ''De hecho, Menudo podría tener algo del mismo atractivo que tien un equipo deportivo universitario: Los participantes son siempre de una cierta edad, y sus esfuerzos, aunque formados y dirigidos por profesionales astutos rebozan con el vigor y la frescura de la juventud''.

¿Es acaso una sorpresa que el joven Quique quisiera ser parte de este grupo?

''No quise ser un cantante'', cita de Ricky Martin en una página de Internet de sus fanáticas de Malasia. Lo que quería era estar en Menudo, quería dar conciertos, viajar y conocer chicas bonitas. He sido un fanático del grupo desde que comenzaron en 1977 y decidí terca-

mente que sería uno de ellos''. El día en que Ricky Martin recibió ese mensaje fue el 10 julio de 1984. El niño de doce años y medio pensó que tenía un futuro maravilloso por delante.

Pero integrar a Menudo no fue siempre el gozo total que Quique pensó que sería. Como Edgardo Díaz había prometido, ser un miembro de Menudo requería mucho trabajo.

Es verdad, Ricky estaba involucrado en todo lo que él quería y fue capaz de expresar los sentimientos y emociones de positividad que Menudo representaba. ''Menudo fue la mejor escuela'', dijo Ricky en la edición del 15 de Mayo del año 1995 de *People*. ''Todos los ensayos y la disciplina era como estar en el ejército''. Sin embargo, en aquellos cinco años como miembro de Menudo, Quique echó de menos dos cosas importantes; su niñez y su creatividad.

Menudo viajaba nueve meses al año y cuando no lo hacían estaban grabando, ensayando o haciendo programas de televisión publicado en El *Los Angeles Times Calendar*. Un artículo sobre Ricky cita: ''Menudo fue un concepto'', recuerda Ricky con cierta amargura en su voz''. ''Había favoritismos en el grupo. Algunos eran los favorecidos por las fans, otros por los directores. Sucedían muchas cosas''.

Uno de los problemas que afectaban a Quique fue que él era un niño rebozante en ideas y energía. Pero sintió que no tenía un escape para lo que crecía dentro de él. ''Ahogaron nuestra creatividad'', contó Ricky a *People* en el mismo artículo. ''Nos decían que las canciones que escribíamos no eran buenas. Empezamos a cuestionarnos la necesidad de ensayar las mismas rutinas una y otra vez''.

Cuando tienes que viajar en giras, grabar y actuar casi todo el año, no puedes hacer las cosas que a los chicos les encanta hacer . . . los deportes, la lectura, mirar la televisión . . . y sobre todo, divertirse.

Pero el problema más grande para Ricky fue con su familia. Mientras estaba lejos de Puerto Rico, via-jando por el mundo, sufría porque echaba de menos a su familia.

Aunque sus padres compartían su custodia, tenían muy poco tiempo con su Quique y empezaron a pelearse por cada precioso momento junto a él. Le ayudaban en todo lo que él quisiera, pero las relaciones estaban desin-tegrándose. Las disputas llegaron a tal grado que Enrique Martín le pidió a Quique que eligiera entre él y la madre. Quique estaba tan indignado con su padre que dejó de hablarle. Quique decidió quedarse con su madre y cambió su nombre. Así nació el nombre *Ricky Martin* El resen-timiento entre Ricky y su padre no se resolvió hasta 1994, cuando Ricky se dió cuenta de que no podía vivir con el alejado de su padre y así se produjo la reconciliación. Después de mucho conversar los dos no solamente lle-garon a ser padre e hijo nuevamente, sino que se hicieron amigos.

Ricky le cuenta a *The Los Angeles Calendar*: "Mien-tras estuve distanciado de mi padre me volví cínico, frío, sarcástico; no me gustaban los niños, era una persona diferente. Ahora me muero por ser padre. En realidad, tengo más deseos de ser padre que de ser esposo".

Otro problema causado por sus años como integrante de Menudo fue que como le decían todo lo que tenía que hacer y no su sensibilidad, se vio aquejado Ricky por miedos, poca seguridad y amor propio.

Eso no ayudó mucho a Ricky cuando dejó a Menudo

en el año 1989. El grupo ya no era tan popular como cuando él se les había unido. En el momento en que Quique se unió al conjunto, la popularidad de Menudo estaba en la cumbre. Cuando Ricky Martin se fue del grupo, Menudo aún gozaba de popularidad, pero no era la maravilla que fue. Eso debe haber sido duro para Ricky Martin y su concepto de sí mismo.

Cuando Ricky Martin dejó Menudo, a la edad de diecisiete años ya era millonario. Tenía mucho dinero, pero se sentía pobre en cuanto a otras cosas. ''Los primeros cinco años de mi carrera habían sido un bombardeo incesante de euforia, adrenalina y de muchos sentimientos contradictorios'', contó a *The Los Angeles Calendar*, ''Quise conocerme a mí mismo''.

El mundo había visto a Ricky Martin crecer en Menudo desde niño hasta hombre.

Ahora el joven necesitaba tiempo para crecer espiritualmente.

4

Ricky Martin, el solista

En la conversación por Internet que se produjo por AOL, en el año 1996, Ricky hablaba de cómo fue para él dejar el grupo Menudo. "Aún habiendo sido tan grandioso, sentí que era tiempo de avanzar. Estaba exhausto, pero el período con Menudo fue muy bueno. Por si un miembro de algún grupo de niños lee esto, doy este consejo: Usa cada segundo en que participes con el grupo. Aprenderás de todo y cuando se termine el tiempo con el grupo, puedes usar esos conocimientos para hacer lo que quieras. Tienes que hacer que la gente te vea como algo más que sólo un miembro del grupo. Me molestaría mucho que me llamaran Ricky "ex-Menudo" Martin. Pero si haces cosas nuevas por tí solo, eso pasa. Sólo tienes que probar que puedes hacer más que desempeñarte en ese grupo".

Pero antes que de alcanzar otros logros, Ricky terminó

la escuela secundaria. El sabía que luego tendría que alejarse de todo. Se fue a Nueva York. "El silencio. Mi medicina es el silencio", le contó a Priya Rarikh en *India Interview in the Afternoon*. "Trabajar solo. Existen presiones cuando se trabaja rápidamente. Viajar constantemente puede convertirse en algo agobiante".

En otra parte, a Ricky le preguntaron cuando él pensaba que se había convertido en hombre. No le tomó mucho tiempo para contestar que fue cuando firmó su primer cheque. Eso fue en Nueva York, donde llegó a descansar, a recuperarse y a considerar adónde se encaminaría próximamente. Aunque como siempre su madre fue un apoyo, estuvo preocupada. ¿Su hijo en la Gran Manzana solo? Ella hubiera preferido que él se fuera a Miami, que no estaba tan lejos.

Sin embargo, claramente, el tiempo que pasó en Nueva York le hizo bien.

A Ricky le encanta Nueva York

¿Por qué Ricky escogió Nueva York?

Bueno, debe haber muchas respuestas, pero al final uno sólo puede especular.

Como alguien que ha vivido en Nueva York, *personalmente* puedo dar fe de que es un gran lugar para vivir si se tiene dinero. Se puede estar solo si se quiere, o puede estar con mucha gente. Aun cuando uno está solo se puede divertir con la gente a su alrededor.

El perfil imponente de los edificios de Nueva York y su reputación por su supuesta frialdad esconde el hecho de que es una gran ciudad repleta de fascinate entretenimiento, buena mesa y . . . sí la gente.

También aseguran muchas estrellas, Nueva York es un gran lugar si uno quiere que lo dejen solo. Se dice que los habitantes de Nueva York son poco amables, pero en realidad ellos son respetuosos de la privacidad ajena.

A los diecisiete años Ricky debe haber valorado eso.

Pero, ¿cómo Ricky Martin supo de Nueva York?

Hay que entender que Menudo fue muchas veces a Nueva York, y Ricky, tuvo que haber hecho amigos en la ciudad para llegar a conocer sus virtudes aún estando bajo el control con que se mantenía a Menudo.

También Nueva York posée una gran población de puertorriqueños. Como a Ricky le gustan mucho sus compatriotas, y la deliciosa cocina puertorriqueña debe haberse sentido muy a gusto en Nueva York. Ciertamente, la ciudad tiene que haber sido una especie de segundo hogar para Ricky Martin. Y aprovechó el tiempo.

Ricky se mudó al área de Astoria en Queens. Al principio no hizo nada.

Ser un desconocido (y cuando tenía dieciocho años lucía bastante diferente a como se veía cuando era un pequeño con Menudo) fue refrescante. Deamduló por la ciudad, se sentó en los bancos de los parques a mirar a la gente pasar. Nueva York también tiene un gran poder para inspirar, y aunque Ricky no hizo nada por seis meses, recargó sus energías y logró revivir su creatividad.

''Nueva York es una ciudad de gran personalidad'', le dijo Ricky a una persona que preguntaba en una charla de AOL. ''Me inspiró para escribir música''.

También le dió la oportunidad para crecer y aprender con la ayuda de los expertos. Tan pronto terminó su descanso, Ricky comenzó a tomar lecciones de canto, baile,

y actuación con grandes maestros para desarrollarse como artista.

Por cinco años, cuando actuaba con Menudo le decián que hacer. Ahora, él podía darse su tiempo.

RICKY COMIENZA A ACTUAR

Dice Ricky en su página oficial Sony, en Internet: ''Cuando dejé Menudo mi intención fue actuar a tiempo completo. Me desconecté del mundo artístico por un año, para reflexionar, limpiarme espiritualmente y para *madurar*.

Después de ese año que pasó en Nueva York, Ricky estaba listo para afrontar cualquier cosa. Sin embargo, lo que le esperaba era más que actuación, aunque ésta jugara una parte importante. Su madre lo estimubala constantemente para que persiguiera sus metas. Anteriormente Ricky había querido estar en Menudo. Ahora quería actuar. Desafortunadamente, no existían muchas posibilidades de un trabajo de actuación en Nueva York a un nivel digno de Ricky, o tal vez fue que cuando el se dio duenta de que el público no lo había olvidado, estaba tan agradecido que agarró la primera oportunidad que le brindaron.

De todos modos, él sabía que tenía que seguir adelante por la vida cuando la llamada vino del país que no se había olvidado de él. Ricky no la despreció.

El país que no lo había olvidado era México.

La televisión mexicana ha sido y es una industria próspera que reconoce lo que es una estrella naciente. Ricky fue contratado para el programa popular de televisión *Mamá ama el rock*. Este programa sirvio de foro para su

formación como actor y también para utilizar su talento musical.

Después de este programa, Ricky, el sumamente atractivo joven de pelo largo, había convencido a los directores y productores que también podía actuar. Lo contrataron para actuar en *Alcanzar una estrella II*. Durante ocho meses hizo el papel de Pablo, un músico y cantante en la banda *Muñecos de papel*.

Parte del trato era que Ricky cantara el tema principal, y lo hizo con gusto y estilo. Gracias al feliz resultado de este programa, el grupo musical ficticio se convirtió en un grupo real.

Sí, los fabricados *Muñecos de papel* llegaron a ser tan populares que se presentaron en una serie de conciertos en México. Como si eso fuera poco, Ricky y la banda aparecieron en la película de *Alcanzar una estrella*, que fue un éxito en el mundo latino.

Ricky fue también un éxito en la película. Hizo tan buena actuación que ganó un Heraldo, que es el equivalente de un Oscar de la academia en México.

Su potencial no pasó desapercibido para varias compañías de grabación. Sony Records, una de las compañías de grabación más grandes del mundo, lo contrató para grabar como solista.

LA MÚSICA DE RICKY

La división latina de Sony Records tituló apropiadamente su primer álbum: *Ricky Martin* y se lanzó en 1991.

Desde la carátula del álbum, un Ricky Martin de veinte años te mira. Apuesto y encantador, pero clara-

mente un poco inmaduro, sin pulir y, quizás, un poco
vulnerable e inseguro de sí mismo.

Sin embargo, en la parte de atrás del disco compacto
se ve a Ricky Martin más seguro, en blue-jeans camisa
blanca mojada y sin mangas, y pensativo bajo el sol en
la playa. ¡Qué foto más sexy!

El disco tiene canciones tales como: "*Fuego contra
fuego*", *Vuelo*, "Ser feliz", y "Susana".

Su voz está en condiciones óptimas y no sorprende
que éste álbum haya sido tan bien recibido en America
Latina. Las canciones en *Ricky Martin*, emotivas y dulces
son mayormente baladas y melodías suaves "Conmigo
nadie puede" es la más rockera. Y es en realidad más
pop que rock. De hecho, el coro en el fondo se oye como
Frankie Yalli and the Four Seasons.

Ciertamente, la canción "Te voy a conquistar" tiene
mucho ritmo "funk" en algunas partes, pero en general
no tiene mucho del fuego latino que encendió la fiebre
mundial por Ricky Martin en sus últimos álbumes.

No obstante, cuando comenzó a actuar en giras, Ricky
debe harberle puesto mucha pasión a sus presentaciones
ya que sus melodías eran muy vivas. Su talento brillaba
clara y lúcidamente.

¡Y en las giras . . . !

Sus fanáticas nuevas y de siempre se volvían locas.

Ricky dice que actuó en ciento veinte conciertos para
promocionar su álbum *Ricky Martin*, ganando ese año el
premio al mejor artista latino joven.

Ricky Martin se llevó el disco de platino, vendiendo
más de quinientas mil copias alrededor del mundo, un
impresionante número para el mercado latino, convirtién-
dolo en el artista que ha vendido más en su debut con
Sony en los últimos diez años.

Ricky ganó el premio "Lo nuestro" y varios premios "Eres".

Durante este tiempo Ricky estuvo feliz de haber conseguido el éxito por sí mismo. Pero como lo atestiguan aquellos conciertos, él no logró estos resultados por estar en la playa luciendo bien.

"Me sentí de maravilla al saber que tenía control completo del proceso". Ricky se refirió a aquel predestinado año de *Ricky Martin*. "Tuve también suerte al estar rodeado de gente que quería trabajar tanto como yo". ¡Y pueden apostar a que Ricky Martin trabaja mucho!

EL SEGUNDO ÁLBUM DE RICKY

El segundo álbum de Ricky se titula *Me amarás*. En la carátula, Ricky aparece sentado afuera de un café con lo que aparentemente es una taza de un capuchino espumaoso. Su cabello es largo, se ve romántico y lleva puesto una camisa fina, chaqueta y anteojos oscuros. También tiene un arete bastante grande en una oreja.

Aún se ve sexy, pero también se ve maduro, más tranquilo y con bastante más seguridad en sí mismo.

En la parte de atrás del disco compacto se ve a Ricky asomándose por sus lentes de sol, mostrando un poco más de su alma, pero aún en control de todo mucho y más seguro.

Tan pronto uno toca el disco compacto en el estéreo, se da cuenta que Ricky estaba madurando como artista durante esta época. *Me amarás* también suena mejor, con un óptimo valor de producción. Se percibe al artista más tranquilo y tambien más seguro de sí.

Canciones como "No me pidas más". "Es mejor decirse adiós", y "Entre el amor y los halagos", todas contienen los sonidos jazzísticos y melodiosos del saxófono, haciendo al disco compacto, más urbano y romántico.

Por supueto que *Me amarás* también contiene mucho de lo que dio a conocer a Ricky Martin: las baladas. "Me gusta la balada; soy muy romántico, me gusta expresar lo que llevo en el alma. En este momento estoy al punto en que las letras que escribo; sean buenas o malas, salen románticas", le dijo Ricky a Little Judy de LAMUSICA.COM. en una entrevista.

Otro interesante hecho del disco *Me amarás* es que tiene la voz más profunda, más rica, con más color y control. Por supuesto que es por la experiencia. Pero Ricky había empezado a trabajar con el entrenador vocal Seth Riggs, quien ha trabajado con varios cantantes. "Empecé a trabajar con él en el segundo álbum *Me amarás*. Él es muy buena ayuda. Con sólo una clase uno ya nota la diferencia. Después de treinta *minutos* con él se nota la diferencia, uno lo siente en la garganta", dice Ricky en una entrevista con Little Judy.

No sólo la calidad de la producción es mejor en *Me amarás*, las canciones son más pegajosas, tienen más ganchos.

A mí particularmente me gusta "Que día es hoy", una adaptación de "Self Control" de Mike Hertzog. También "Hooray! Hooray! It's a Holi-Holiday". Ésta última tiene una melodía increíble, con un toque caribeño.

Una vez más Ricky fue un éxito. Los álbumes se vendieron muy bien en todo el mundo. Y Ricky ganó el premio Billboard por el mejor artista latino joven. Sin

embargo, las ambiciones de Ricky no se concentraban sólo en la música. Quería también crecer como actor. Y tuvo varias oportunidades para hacerlo en su próximo proyecto.

Ricky en *General Hospital*

G*eneral Hospital* es una de las telenovelas más an-
tiguas que aún se transmite. Ha estado en el aire
desde 1963 y tiene a millones de fieles televidentes cada
día, muchos de los cuales también ven el programa *Port
Charles*, producido a consecuencia del anterior.

Cuando los productores de *General Hospital* lo vieron
en la comedia de NBC *Getting By* (que no duró mucho)
pensaron que Ricky sería perfecto para su programa.

Ricky, por supuesto, ya era conocido por sus actuaciones en novelas y películas en México, y también por
sus habilidades musicales, que era justo lo que la gente
de *General Hospital* quería. Además, podía hablar y actuar muy bien en inglés.

Ricky obtuvo el contrato. Interpretó a personaje de
Miguel Morez desde 1994 hasta 1996. Sirvió de punto
de partidar importante para la carrera de actuación y

canto de Ricky, no sólo porque expuso su talento a una grande parte del público en Estados Unidos, sino que también lo presentó como un puertorriqueño a la población latina en Estados Unidos. (Es también probable que atrajera a más espectadores, algo con que los productores contaban cuando contrataron a Ricky).

''Para nosotros, Miguel es la pura esencia de quién es Ricky. Él es muy noble, un personaje muy cariñoso'', expresó la productora de *General Hospital*, Wendy Richie, en la edición de la revista *People* del 15 de Mayo.

Ricky era bastante popular como Miguel, y demostró gran talento con su actuación. A diferencia de la alegre personalidad que muestra hoy, Ricky desarrolló el papel de Miguel Morez como melancólico y contemplativo de aspectos heroicos. Era profundo y talentoso. (Bueno, eso es como Ricky, ¿o no?) Aún muchas fanáticas del programa se sorprenden con el Ricky de hoy, porque en el show era más moreno, y tenía el bello largo y abundante que le daba un aspecto de romántico, mientras que ahora lo tiene corto.

El personaje de Miguel—interpretado por Ricky—era un enfermero en el Hospital General, que fue presentado en la historia de la telenovela al ayudar a un suicida que saltaría de un piso elevado. Cuando Mac supo que Miguel estaba tratando de ganar dinero para enviárselo a su familia en Puerto Rico, lo contrató para que trabajara como barman en el bar ''Outback''.

Cuando reemplazó al cantante del grupo musical Idle Rich para ayudar en el show, se descubre su talento para cantar. Resultó que aunque Miguel había estado encaminado al estrellato en Puerto Rico, se había enemistado con el mafioso Rivera, al enamorarse de su hija Lily. Aunque Rivera había amenazado de muerte a Miguel si

volvía a cantar a en público, los personajes del *General Hospital* asociados con la compañía de grabación L y B convencen a Miguel para que cantara con ellos. Y lo ayudan a encontrar a su amor perdido por tanto tiempo, Lily. Miguel descubre que tiene un hijo de Lily, un niño de seis años llamado Juan, quien estaba Feliz con otra familia. Ellos y otros de sus amigos fueron secuestrados por Rivera, pero luego se escaparon a Port Charles.

Lamentablemente, uno de los amigos de Miguel, Sonny, estaba conectado con la mafia y con Rivera, causándoles una serie de problemas. Cuando surgieron problemas entre Miguel y Lily por el compromiso con la carrera musical de éste, la relación amorosa de ellos terminó. Lily encontró consuelo en los brazos de Sonny, pero los dos murieron al estallar una bomba que Rivera puso en un carro—queriendo matar a Miguel—. Antes de eso hubo una relación sentimental entre Miguel y Brenda, que no prosperó.

Ricky Martin decidió dejar *General Hospital*, para dedicarse a su carrera como solista, y cito a Ricky en una conversación tomada de AOL:

''Dejé *General Hospital* porque tuve la oportunidad de actuar en Broadway y ese era un sueño de toda la vida''.

En la telenovela Miguel se fue lejos de gira. A veces, los personajes lo mencionan—que está de—gira por Sudamérica como, sin duda un chiste privado que se refiere a Ricky Martin, la estrella que triunfa en los países latinoamericanos.

Mientras actuaba en *General Hospital*, Ricky se presentó en una serie piloto llamada *Barefoot in Paradise*, de una compañia televisiva importante. Lamentablemente, este programa piloto no se escogió para transmisión re-

gular, Ricky lo atribuyó a la mala calidad de la trama. No obstante, elogió a su director, Zalman King.

Cuando le preguntaron si volvería a *General Hospital*, Ricky respondió en la conversación de America Online: ''No me mataron, y eso significa que puedo volver'', dijo entre risas.

Los fanáticos de *General Hospital* aún hablan de Miguel y Ricky, queriendo que regresen a la *telenovela* aunque sea sólo por unos días. Hay pocas posibilidades de que ocurra, pues Ricky se ha convertido en una superestrella.

Ricky Martin dice a menudo, con modestia, que él agradece que la puerta esté aún abierta para Miguel Morez.

6

Ricky en Broadway

Desde una temprana edad, Ricky Martin ha sacado provecho de los desafíos. ¿Puedes imaginarte cómo debe haber sido, para este niño, cantar y bailar en un enorme estadio lleno? ¡Eso es lo que hizo Ricky con Menudo!

Sin embargo, en 1996 Ricky asumió, lo que él admite aún hoy, uno de los más grandes retos de su carrera. Ricky interpretó un importante papel en un destacado musical del vecinario en Nueva York, donde están los teatros de primera clase, y que se conoce como Broadway. Ricky actuó en *Les Misérables*.

Esperen. La última vez que vimos a Ricky, estaba ocupado con una exitosa carrera como solista. También tuvo un papel diario en una popular telenovela norteamericana; una que lo dio a conocer a millones de estadounidenses.

¿Qué fue lo que encaminó a Ricky por la Gran Vía

Blanca? La respuesta sencillamente es la misma que explica por qué ha coseguido hacer lo que ha hecho. Porque tenía sueños.

EL PRODUCTOR

Aún un espectáculo tan popular como *Les Misérables* necesita la inyección de talento nuevo con actos nuevos e ideas frescas todos los años. Y no viene mal tener estrellas ya reconocidas, en una obra teatral o en un musical. No sólo los fanáticos de las estrellas van al espectáculo por primera vez. La gente a quien le gusta el artista, y que ha visto el show volverá a verlo. El público que retorna a ver los espectáculos es una importante fuente de ingresos para los espectáculo de Broadway. Por ejemplo, cuando Richard Chamberlain se unió al elenco de *The Sound of Music* alargó la duración del espectáculo.

Les Misérables lleva en Broadway muchos años y sus productores estuvieron siempre buscando nuevas maneras de mantenerlo fresco y emocionante. El conmovedor musicale, basado en la novela Victor Hugo trata de la pobreza y la injusticia de Francia del siglo XIX. Siempre necesita nuevos talentos. Indudablemente, Richard Jay–Alexander tenía esto en su cabeza mientras leía un *periódico* de Miami, quizás, mientras se bebía un jugo de naranja, estando de vacaciones en Florida. El fue el productor ejecutivo y director asociado de la producción de *Les Misérables*.

En el mismo periódico de Miami se publicó una entrevista con Ricky. Ésta trataba de sus época con Menudo, sus opinión acerca de su carrera como solista, y

cuánto disfrutó de su rol de Miguel en *General Hospital*.
Aunque lo más significativo de la entrevista fue que
habló de sus grandes sueños. Ricky quería actuar en un
musical de Broadway.

Jay-Alexander debe haber derramado su jugo de *naranja* cuando leyó esto. Él sabía de la joven estrella y le
encantaba su voz. El hecho de que pudiera actuar y que
quisiera crecer como actor era importante. Quizás el que
Ricky había actuado en el teatro mexicano estimuló el
interés de Jay–Alexander. En todo caso, trece años de
experiencia con el público, haría que Ricky se sintiera lo
suficientiemente cómodo en un escenario para actuar el
papel en un musical.

Jay-Alexander tenía en mente el papel y concertó una
cita con Ricky. Le preguntó si estaría interesado en hacer,
tres meses, el papel de Marius, un estudiante revolucio-
nario con un contrato especial.

Ricky estaba encantado. Aunque estaba en medio de
la promoción de su nuevo álbum, un sueño como éste no
se puede perder. Además Ricky, había visto *Les Misérables* y la obra lo había tocado profundamente. ''Por
supuesto'', le dijo a Jay-Alexander. ''¡Lo haré!''

El nerviosismo de la noche de estreno

''Esto definitivamente lleva mi *carrera* a otro nivel'',
le dijo Ricky al *Daily News* de Nueva York. ''Me he
estado preparando para esto por largo tiempo. He estado
estudiando actuación y también he tenido la oportunidad
de hacer teatro en México para crecer como actor, y cantante. Broadway siempre ha sido mi sueño''.

Antes que Ricky pudiera meterse en el papel de *Mar-*

ius, tuvo que hacer una ardua gira para promocionar *A medio vivir*, su tercer álbum.

Esta fue una gira que lo capacitó para poder cantar y actuar en *Les Misérables* y lo llevó al legendario Radio City Music Hall, el 30 de Marzo, 1996.

Ricky dice que para estar bien preparado para el papel de Marius vió la obra veintisiete veces. "Quería asegurarme que la entendería perfectamente", dijo a la edición de *Soap Opera Magazine*, el 23 de julio, 1996. "Estoy en el escenario por casi tres horas porque durante los primeros cincuenta minutos interpreto a una serie de personajes: un preso, un policía y un campesino, antes de aparecer como Marius. En el teatro hay iluminación, movimiento, canto y danza por los que preocuparse, y yo quería estudiar todo bien".

También tuvo que ensayar mucho. Con su experiencia en Menudo y la disciplina que le ha permitido llegar a ser la superestrella que es, Ricky estaba listo.

Desafortunadamente, había mucho más que hacer que ensayar para *Les Misérables*. Ricky también tenía que cumplir con su gira.

Tenía solamente once días para aprenderse el papel. Ricky tuvo seis días de ensayo en Nueva York, pero luego tuvo que ir a España a realizar conciertos y a promover *A medio vivir*. Luego tenía otros cinco días para ensayar. Lo que hizo ésta situación más difícil fue que tenía laringitis.

Sus cuerdas vocales estaban inflamadas, esto lo puso nervioso.

"Imagínense cuatro o cinco días antes de un debut en Broadway, y perder la voz", expresó Ricky a *Soap Opera Magazine*. "Creo que fue debido al la tensión de volar constantemente ensayando desde las nueve de la

mañana hasta la medianoche cada día. Tuve que parar de hablar y descansar''.

El descanso ayudó. Para la noche del debut había recobrado la voz.

Sin embargo, Ricky siguió nervioso.

La noche del debut

Sin duda que la presencia de Ricky Martin en l elenco de *Les Misérables* ayudó a la venta de entradas.

Cuando subió el telón la noche del debut de Ricky, fue ante una sala que estaba llena.

Uno de los miembros más especiales de la audiencia fue la abuela de Ricky, quien viajó desde Puerto Rico. Ella no había visto a Ricky en la telenovela *General Hospital*, así que pensó que si lo quería ver actuar tendría que viajar a Nueva York. Fue tal la muestra de cariño y confianza en su nieto por parte de ella, que viajó en avion, algo que no había hecho en cuarenta años.

Ricky agradeció su presencia, y hasta pensó que ella le había ayundado.

Más tarde admitió que estuvo bastante asustado.

Aquí estaba el joven que había actuado delante de millones y millones de personas, ¡en vivo! Y lo había estado haciendo profesionalmente durante la mayor parte de su vida. ¿Por qué estaba tan nervioso en la primera noche de *Les Misérables*?

Principalmente porque era una experiencia diferente, pasé a la actuación. Todos estaban pendientes de como enfrentaría algo que, después de todo, no había hecho antes.

Lo esperaba un público exigente. Muchos de los es-

pectadores ya sabían cómo se debía desempeñar el papel de Marius.

¿Cómo lo hizo Ricky? ¿Cómo era el papel que tenía que interpretar?

LES MISÉRABLES Y MARIUS

Les Misérables es una de las novelas más famosas de la historia de la literatura francesa.

Su autor, Victor Hugo, un famoso escritor del siglo XIX, fue un apasionado de las reformas sociales igual a su contemporáneo inglés, el novelista que Charles Dickens.

Victor Hugo nació el 26 de febrero de 1802. Su padre fue un general el ejército de Napoleón Bonaparte. No sólo escribió otras novelas famosas como *The Hunchback of Notre Dame*, *Toilers of the Sea*, sino que también fue dramaturgo, ensayista, diarista, moralista y político. Fue sumamente popular, activo político y socialmente en los trastornos que se vinculan con los movimientos romántico y realista de la literatura y la filosofía francesa. También se involucró durante toda su vída en los conflictos sociales y políticos de Francia. Cuando murió a la edad de ochenta y tres en 1885, más de tres millones de personas asistieron al funeral, al lugar en donde descansan los grandes hombres franceses al Panteón.

Les Misérables es una novela que trata de injusticia social. Un hombre, Jean Valjean, es arrestado por robarse una barra de pan porque tiene hambre.

Sin embargo, el tema de la novela es universal—se ha publicado en decenas de lenguajes—pues lo que trata interesa a todos.

Cuando se publicó en 1862 recibió críticas adversas por las afirmaciones y teorías políticas que promulgaba. Muchos la llamaron demasiado sentimental. No obstante, le encantó a los lectores y llegó a tener un éxito enorme.

Compositores famosos tales como Puccini pensaron en convertir a *Les Misérables* en una ópera. Pero la música llegó a ponérsele a la historia solamente años después que Alain Boubil vio la versión del musical británico: ¡*Oliver!*, basado en otra novela de protesta social, *Oliver Twist*, de Charles Dickens. Alain Boubil pensó que se podía hacer algo semejante con *Les Misérables*.

En colaboración con Claude-Michel Schonberg, Boubil creó una versión francesa del musical que fue bastante popular a principios de los años 80. Cameron Mack-Intoch, el productor musical responsable por éxitos tales como: *Cats, Phantom of the Opera y Side by Side by Sonheim*, supo de la versión grabada del espectáculo y le vió potencial para una versión en inglés.

James Fenton la tradujo con los escritores originales. Los famosos directores Trevor Nunn y John Caird—quien dirigió la versión de ocho horas de *Nicholas Nickleby*—llevaron la obra al teatro Barbican con la Royal Shakespeare Company. Después de mucho trabajo, y un nuevo escritor, Herbert Kretzmer, la producción abrió en el teatro Palace en Londres en 1985, donde aún se presenta. Se estrenó en Broadway el 12 de marzo de 1987, después de presentarse en el Kennedy Center de Washington, D.C. Ahora se ofrece en el teatro Imperial en Nueva York. Las críticas iniciales en Londres no fueron buenas, pero el espectáculo fue acogido como sucedió con la novela.

Ha tenido largas temporadas en muchas grandes ciudades, y compañías rodantes la han presentado en más

de cien ciudades en Estados Unidos y otros países.

Ricky Martin no pudo haber escogido una mejor obra para hacer su debut en Broadway. Si ustedes no han visto la obra *Les Misérables* deberían verla. Ricky no está ya en ella, pero quien sea que haga el papel de Marius, sin duda, será un buen cantante y actor. Se puede esperar que les conmoverá como a Ricky.

EL DESAFIO PARA RICKY

Ricky tuvo una buena actuación en *Les Misérables*. Es una lástima que no exista un video de ello. Tendremos que conformarnos con los reportajes y las críticas.

Aunque Ricky haya probado hace tiempo que puede bailar bien, existe una sola escena en *Les Misérables* que incluye mucha danza. Sin embargo, porque requiere mucho movimiento, Ricky pudo desplegar su gracia como bailarín.

Aunque el rol de Marius no es el principal en *Les Misérables*, es un papel importante.

Ricky cantó con el coro unas cuantas canciones y otras veces lo hizo como solista.

Estas incluyen:

''Rojo y negro'', Acto I

''En mi vida'', Acto I

''Una pequeña caída de lluvia'', Acto II

''Sillas vacías en mesas vacías'', Acto II

En LAMUSICA.COM, La Pequeña Judy comenta sobre la actuación de Ricky en la obra:

''Aunque no posée una voz entrenada en lo clásico, Ricky Martin proyecta la honestidad y la seriedad que se adecúan al personaje del joven y algo idealista *Marius*.

"Encontré que su mejor interpretación de la noche fue 'Una pequena caída de lluvia', durante un momento de ternura, conmovedor mientras su amiga y de ternura admiradora en secreto, Eponine, muere lentamente en sus brazos''.

Ricky impresionó a sus fans y al público en general.

La gente aún habla de su actuación en *Les Misérables*, aunque sólo lo hizo por tres meses.

EL FUTURO TEATRAL DE RICKY

Mientras Ricky estaba en *Les Misérables*, mencionó en America Online, que se hablaba de que él hiciera un papel principal en una obra nueva. Quedó en nada.

¿Actuará Ricky en más obras de Broadway? Eso le preguntó a Ricky en AOL.

Ricky contestó: "Una vez te pica la mosca del teatro, tienes que actuar nuevamente. Haber participado en *Les Misérables* es lo más bello que he hecho en mi vida. Haber podido cantar, bailar, actuar y tener a la audiencia presente al mismo tiempo es lo máximo''.

Por supuesto, ahora que él es una superestrella genuina en los Estados Unidos, pueden apostar a que Ricky *estrenará* una película antes de que haga otra obra en Broadway.

Pero uno nunca sabe. Ricky puede hacer mucho, y a los 27 años, tiene una larga carrera por delante.

Creo que con el tiempo veremos a Ricky en Broadway otra vez.

El álbum que lo impulsó:
A medio vivir

Tan pronto se escucha "Fuego de noche, nieve de día", se nota la diferencia.

Ricky está cantando de manera diferente. En su tercer álbum como solista, *A medio vivir*, la voz de Ricky Martin parece más expresiva. Tiene la agudeza y la emoción de siempre, pero ésta vez Ricky ha aprendido a cantar en tonos más graves. Se escucha su respiración. Suena más vulnerable e íntima. Y de este modo más sexy y mucho más interesante.

Ricky—con modestía—le da el crédito a Seth Riggs por lograr estas cualidades con su voz, que le permiten conmover a la gente: pero también habla francamente de su propio arduo trabajo y determinación. También ha sugerido, con candídez que es mejor actor que cantante, pero con la velocidad para mejorarse que ha demostrado con cada álbum, uno se pregunta si eso es cierto.

De todas maneras, en "A medio vivir", que Sony lanzó en 1996, Ricky no sólo canta maravillosamente, es más, tiene algunas canciones buenísimas. Ricky siempre ha dicho que lo ha influenciado el rock clásico. Un muy buen ejemplo de esto es: "Revolución", una excitante canción rockera, que interpreta con *dinamismo*.

Pero aquí hay muchas melodías pegajosas, incluyendo: "Cómo decirte adiós" y "Corazón". El gran *éxito* del álbum es "María", de la cual les hablaré en un momento. Primero hablemos un poco del álbum como un todo.

GRAN ÉXITO

A medio vivir, fue un enorme éxito no sólo en los países latinoamericanos que consagraron a Ricky como estrella internacional. Como fue un éxito alrededor del mundo, particularmente en Europa. De hecho, *A medio vivir* sacó tres discos de platino.

Ricky dio conciertos por todo el mundo, la mayoría de las veces a audiencias que compraban y agotaban los boletos.

Por cierto, es un álbum muy bueno que obtuvo excelentes reseñas, incluyendo bastante críticas e inteligentes vertidas por LAMUSICA.COM: "El álbum presenta los valores de una producción de calidad, un material equilibrado y una interpretación vocal fuerte del artista", dijo La Pequeña Judy. "Su manera de expresarse es sutil conciente bien. Como resultado, maneja bien en el álbum el material rockero, sin sonar como lo hacen las estrellas del pop desde un escenario en Las Vegas".

María

Si hubo alguna canción que impulsó a Ricky Martin en otros países fue María. No solamente la canta de maravilla, ésta es una canción excelente de pop y rock latino, y con raíces respetables. En su carrera artística, Ricky ha utilizado muchos estilos. Ésta vez emplea el de la música flamenca española.

Con un conjunto de letras dignas de recordar. Esta canción hace que la gente se pregunte quién es ésta "María", ¿Alguna antigua novia?

Ricky calla sobre el tema. Como "María", él es difícil de acorralar.

En algunas entrevistas dice que definivamente conoce a personas como María, y que han entrado en su vida. En otras palabras, ella representa a muchas mujeres. "María es una chica que juega con tus sentimientos. No es nadie en particular. He salido con muchachas como María", dijo Ricky a la revista australiana *Smash Hits*.

A *Cleo*, otra revista australiana, le expresó, "María es un programa de computadoras muy intenso. Quería *acercarme* a mis raíces, a mi cultura. Empezamos a buscar sonidos y ritmos en el computador, y así fue como salió, no es ninguna chica específica. Me explicó, María podría ser cualquiera, aún podría ser el perro de alguien. No se trata de alguien en especial. Puede ser una canción muy romántica, estúpidamente romántica, en verdad, pero no en este caso".

La canción "María" puede ser de todo menos estúpida. Es una canción inteligente, juguetona y divertida, interpretada tan brillantemente que mereció el triple pla-

tino en Europa, y que aún es popular en los conciertos de Ricky.

Es un disco compacto óptimo de altísima calidad.

CON UN POCO DE AYUDA DE SUS AMIGOS

Ricky ha dicho que tiene suerte por tener el dinero suficiente para seleccionar proyectos de su gusto. De este modo, siempre ha elegido lo mejor para inspirarse y recibir apoyo con sus álbumes.

Esto es particularmente ciertlo con *A medio vivir*. Los compositores y cantantes en este disco son asombrosos. Incluyen: Marco Flores, Franco De Vita, Luis Gómez Escolar, Cristóbal Sansano, Alejandro Sánz, Carlos Lara, Manolo Tena y Luis Ángel.

El coproductor del disco fue el excelente KC Porter, quien produjo para Boyz II Men, Bon Jovi y Richard Marx, pero quizás el más importante para *A medio vivir* fue Robi Rosa, un hombre que continúa trabajando con Ricky en otros projectos. Robi Rosa no sólo es productor, compositor, arreglista y cantante de coros, sino que es un buen amigo de Ricky. Trabajaron juntos en Menudo.

En un sitio del Internet asiático Ricky dice, ''Robi es un genio, desde que tiene doce años ha estado sentado frente a un piano. ¡Lo recuerdo bien!''

Aquellos que no conocen la historia de los días con Menudo podrían no reconocer la importancia del nombre de Robi Rosa en los álbumes de Ricky. Esto es porque Robi ha usado pseudómimos. Todo lo que aparece aparece de ''Ian Blake'' o ''Dracos Cornelius'', es en realidad de Robi Rosa. Él es también un cantante buenísimo,

con un álbum como *Frío*, que aún está a la venta. ¡Cómpralo!

Robi co–escribió los éxitos de Ricky: "María", "La copa de la vida", y también "La bomba", que discutiremos luego. ¡Se los prometo!

En el sitio asiático del Internet, Ricky expresa: "Él se merece mucho crédito, aunque no escribe música por el crédito. Él hace su música para sí. Le encanta estar en el estudio para crear".

Robi Rosa co–escribió más de seis canciones para *A medio vivir*, y su excelente manera de cantar está en el disco. Robi ya estaba en Menudo cuando Ricky llegó al grupo. Es dos años y medio mayor que Ricky. Llegó a ser el Menudo el más popular por su manera de bailar y de cantar.

Los temas de Menudo que él interpretó como cantante principal incluyeron: "Explosión", "Si no estás aquí", y "Por el amor". "Vagabundo" es otro de sus álbumes.

Robi también, ha sido actor y pueden estar seguros que ha de colaborar con Ricky en el futuro. Quizás, hasta se aparte para llegar a ser una estrella con luz propia en un futuro cercano.

¿Ha sido ésta una asociación beneficiosa para Ricky? Bueno, sólo tienes que escuchar *A medio vivir* para darte cuenta. Pero la prueba ácida es el próximo álbum de Ricky: *¡Vuelve!*.

Un paso más allá de la grandeza: *Vuelve*

Cuando la revista *TV Week* le preguntó a Ricky Martin si le gustaba ser un "rompe corazónes", Ricky respondió: "Es divertido si lo pasas bien con ello, pero a veces me asusta. Mi prioridad es hacer buena música, no verme bien. La sexualidad y sensualidad me las guardo para mi cuarto".

Bueno, a juzgar por imponente *Vuelve*, álbum que siguió a *A medio vivir*, cuando Ricky dice "cuarto" está incluyendo a su estudio de grabación.

¡Caramba!

No soy el unico que ha dicho "¡Caramba!"

Hasta ahora, *Vuelve* se ha vendido casi tres veces más que sus tres discos *anteriores* juntos.

Y no es de asombrarse. Es un trabajo increíblemente bueno.

Lo primero que uno nota cuando vé el disco es que

¡ey, Ricky se cortó el pelo! Sí, se fueron aquellos brillosos y románticos mechones. Ricky tiene un bonito corte de pelo, que destaca sus perfectas y clásicas facciones masculinas.

Si en el álbum *Ricky Martin* nuestro héroe se vé inocente, en *Me amarás* se nota tímido, en *A medio vivir* confundido y sin amor, en *Vuelve* Ricky se ve fuerte, efocado y decidido. De negro, parece listo para saltar al centro de la atención mundial.

Pero la cara de Ricky está en la carátula del disco compacto. Aquí con los brazos abiertos parece darle la bienvenida al universo, a la vez que se entrega a la espiritualidad y al porvenir. Uno escucha *Vuelve*, y se da cuenta que el futuro es el superestrellato.

Hablaremos un poco más de éste álbum, sus canciones, los sencillos que salieron de él y de los que se vendieron montones por sí solos.

Veamos primero cómo llegó Ricky a éste su último e increíble álbum—todo en español—y cómo él lo llevó al mundo entero.

Estrella internacional

Cuando el sello de grabación Sony vio hacia donde iba Ricky con su música en *A medio vivir*, deben haber visto su potencial como artista "*crossover*". Cuando "María" obtuvo el éxito en Europa, en Asia y en Australia, y Ricky continuó con apasionadas actuaciones en conciertos que atrajeron a miles y miles más fanáticos, que reuniría a un personal creativo.

A *Vuelve* agregaron otro importante factor, para ele-

var el rock y el pop un tanto. Este fue en la persona de Desmond Child, un gran productor y compositor y quien fue artista de rock.

También con éste album Ricky se tomó su tiempo. "Llevamos dos años trabajando en este album", dijo Ricky a *Estylo*.

"El primer día que fui a grabar una canción para el álbum fue en 1996, en Puerto Rico. Después fui a España y grabámos algo. Luego pasé seis semanas en Brasil sólo buscando música, buscando música".

La música de Brasil fue una de las influencias fundamentales en *Vuelve*, pero también hay muchas otras cosas, incluyendo la salsa.

"Yo soy fusión", le dijo a *Estylo*.

Recientemente, en el *Philippine Daily Enquirer* Ricky habló de llevar su música a otra gente en el mundo. "Es un intercambio de sentimientos, cultura e ideas. Llevo el Caribe a Asia, como también invito a los filipinos a disfrutar del sabor caribeño. Mi carrera me da más de lo que me quita. Me motiva ver a gente de diferentes culturas y países bailar mi música".

Ricky contó lo que significa *Vuelve* a Priya Parikh en *India Interview in the Afternoon*. "No se trata del lenguaje", dijo, refiriéndose al hecho que un álbum Latinoamericano, y en español, era popular en la India". Se trata de un individuo que pasa por muchas fases. Quiero crear fusión. Viví en Brasil por un tiempo y me influenció su música. De la misma manera, sé que la música india influenciará mi música en algún momento".

¡Tanta música y tan poco tiempo! Ricky ama la música, y verán que, donde quiera que él vaya la absorbe. *Vuelve* es un álbum de música latina. Es como si Ricky

se tirara de cabeza en las raíces de los ritmos latinos, las melodías, las texturas, los instrumentos; su alma misma. Y con la ayuda de músicos, buenísimos productores y las influencias del rock clásico llevará este álbum al territorio que ocupa el pop en el mundo, para que todos lo disfruten y se inspiren con él. Veamos, parte por parte, este fantástico disco compacto.

¡VUELVE!

"*Por arriba, por abajo*", dice un coro de niños.

Los tambores empiezan a tocar frenéticamente.

De pronto, uno tiene la sensación de estar en una *fiesta*, y que la calle está llena de juerguistas. Hay un olor a carne asada, a pimienta el aire fresco y de repente, se transforma en cálida alegría.

Esto es "Por arriba, por abajo", la primera canción de *Vuelve*, y un maravilloso comienzo. Escrita por Robi Rosa, Luis Gómez Escolar, César Lomax y Karla Aposte, me suena como algo mexicano, pero luego crece en intensidad hasta alcanzar un claro frenesí brasileño.

Se pueden notar particularmente las trompetas. Sobresalientes, dominan el sonido y hacen que el oyente se anime.

¡El corazón se acelera con esos sonidos! Aquí la voz de Ricky está mejor que antes.

Cuando estuvo en *Les Misérables* tenía que cantar en ocho funciones a la semana, además de tomar lecciones de canto, para poder seguir el ritmo acellerado. Aquí Ricky sostiene el registro y lo infunde con un sentimiento pop internacional, sin abandonar sus orígenes latinos. En

efecto, aprovecha la oportunidad para explorar los sonidos sexys de su lenguaje nativo.

Es una emocionante apertura de compás rápido.

"Vuelve"

Las cosas se hacen más lentas en esta balada, escrita por Roco De Vita. Aquí Ricky se expresa con una voz delicada. Es una canción dulce, que destaca los sonidos de su voz en el registro más alto. Suena más vulnerable y dulce.

El estribillo es pegajoso y tiene sonidos que sirven de gancho convirtiéndo la canción en una linda balada sino en una gran canción pop.

Vuelve es una de las favoritas de Ricky, y de su abuela también. Cuando ella murió el año pasado, luego de una larga enfermedad, Ricky dejo de cantarla en sus conciertos.

Pero aquí está grabada para el disfrute de todos.

Una super lectura de una muy buena canción.

"Casi un bolero"

Es una canción suave y rítmica de Robi Rosa, KC Porter y Luis Gómez Escolar. ¿Será necesario decir que es un bolero?

Podrían encontrarse en un teclado automático de Casio los ritmos que se escuchan en éste tema. Pero la manera en que la percusión lleva esta encantadora pieza no tiene nada de mecánica.

De hecho, *Vuelve*, con las estupendas cuerdas, y el grandioso trabajo de la guitarra acústica la hace una de las mejores piezas de música pura, un encantador testimonio de lo que se puede hacer con la belleza de la música latina.

Sin embargo, ''Casi un bolero'' sería nada sin la voz mágica de Ricky Martin. No exagero cuando digo que Ricky tanto ''actúa'' esta canción como la canta, y aun sin verlo uno se da cuenta que es un artista *maravilloso*.

Frank Sinatra fue el mejor fraseador de canciones del siglo XX. El fraseador actua la letra de una canción con el alma para que comunique la letras y el sentimiento de la música al oyente.

Obviamente esto es lo que Ricky hace cada vez mejor. La magnífica interpretación de ''Casi un bolero'' es un excelente ejemplo de esto.

Esperen un momento. Creo que voy a escucharla otra vez. ¡Ah!

''Corazonado''

Ésta es una balada rápida de Robi Rosa, KC Porter y Luis Gómez Escolar. Ricky la canta con sinceridad y pasión. A mí en especial me gustan los cambios de los tiempos y las voces altas del coro que hace fondo. ¿Serán Ricky y Robi?

También esta canción tiene una buena ejecución en los teclados. No sólo de los pianos, sino también de los órganos agradable combinación de texturas que se mezclan con; los otros instrumentos, incluyendo la grata sonoridad de las cuerdas.

Esta canción también se destaca porque al usar mu-

chas de las convencionalidades del rock suave, y por ser en español; pero también podría estar en inglés. En resumen su melodía no tiene huellas de influencia latina. Esta canción podría rehacerse en inglés por Ricky o por cualquier otro artista, y los oyentes norteamericanos no sabrían que se originó para que la cantara un artista latino. Así, vemos cómo Ricky avanza hacia una audiencia mundial de muchas maneras.

"LA BOMBA"

Esta canción fue un éxito mundial, y no hay duda de dónde viene esta música. Los tambores, los bajos, las trompetas y hasta el piano todos muy latinos. "La bomba" se parece a algo que uno ha escuchado antes, aunque en los créditos aparecen sus autores: Robi Rosa, KC Porter y Luis Gómez Escolar.

La razón de esto es sencilla, puesto que mucha de la música latina usa ritmos y estilos similares (ver la sección de música latina más adelante).

Lo notable en las interpretaciones de Ricky Martin de los estilos latinos es la seguridad y acuciosidad con que canta. Aunque lo escuches por la radio o el estéreo, te lo puedes imaginar bailando las partes instrumentales y también mientras canta.

¡Qué magnifica canción para bailar!

"HAGAMOS EL AMOR"

Esta es una balada lenta de Robi Rosa y Luis Gómez, y no hay en el disco un tema más lindo—ni tampoco en

cualquier otro de sus discos. El bello sonido de muchos violines tocados al estilo clásico y el piano se destacan en este tema. Pero sobresale estelarmente la voz de Ricky con su fraseo, dándole un profundo significado a los versos.

No tienes que entender las palabras para captar las emociones ricas y llenas de sentimiento que Ricky expresa con esta canción.

"LA COPA DE LA VIDA"

Ricky ha manifestado una profunda admiración por artistas como Paul Simon y Peter Gabriel, quienes se han inspirado en la música africana.

Aquí, en "La copa de la vida" Africa se nota, sólo que nos llega a través de Brasil y Puerto Rico, cuya música tienen raices africana. No ha habido una canción más emocionante y más dominada por el ritmo, en los últimos años, que "La copa de la vida". De principio a fin— ¡especialmente al comienzo!—los tambores sobrecogen.

Hay momentos en esta dramática y emocionante canción, en que Ricky parece un maestro de ceremonias de un circo de sonidos. Desde los silbidos del principio, a los sonidos de rock y los trucos del baile-canción que ha introducido el productor Desmond Child, esta es una canción que obliga al movimiento y a la emoción.

Mirándolo más de cerca uno puede ver cómo la actuación y la voz de Ricky hacen de "La copa de la vida" una canción emocionante, distinguida, muy pop, y ahora llevándolo a ganar ese Grammy que recibió por la mejor actuación pop latina.

Todos esos años en Menudo y mucho entrenamiento y experiencia, salen a la vanguardia por Ricky. Su voz es, bueno, ¡linda! Se distingue y suena como la voz de un cantante de pop; no sólo la de un cantante de canciones latinas. Uno la reconoce como la voz de Ricky. ¿Cuán importante es esto? Bueno, es vital para un estilista de la canción. Si todos se escucharan igual, ¿cómo se diferenciarían entre sí? Como todos los grandes cantantes, Ricky ha desarrollado una voz *particular*, y ésta es su voz pop. Rica, de muchacho y emocionante. Rompiendo absolutamente sincronizada con el ritmo. Es ¡una canción excitante y una ejecución magistra!

Les contaré más de cómo nació ésta canción y cómo llegó Ricky a cantarla ante dos mil millones de personas.

Primero veamos más de su música.

"PERDIDO SIN TÍ"

Otra canción más del excelente equipo integrado por Robi Rosa, KC Porter y Luis Gómez Escolar. ¡Gracias a Dios!

Nuevamente nos encaminamos hacia el territorio del rock suave con esta; y otra vez, no hay ni trazos del sentimiento latino, a pesar de la dulce expresión española que Ricky le da.

No obstante, una de las mejores cosas del álbum *Vuelve* es que no tiene relleno. Esta es una canción bella, realmente es una de las más lentas y gratas. La voz de Ricky es suave, gentil y consoladora, la compañía perfecta en una solitaria noche de invierno.

"ASI ES LA VIDA"

Un cantante de pop es nada sin buenas canciones.

Hace poco, en un comentario acerca de un concierto de Enrique Iglesias, el escritor acotó que mientras todos los cantantes jóvenes latinos tenían sus virtudes, el que tenía el mejor repertorio era nuestro amigo, Ricky.

¡Ricky Martin tiene las mejores canciones! No hay una sola mala canción en *Vuelve*. Para nada. Y este número, por Marco Flores y Luis Gómez Escolar, tiene una melodía realmente encantadora. Es mucho más una canción pop, que cualquier cosa parecida al rock, y probablemente es lo más que se parece a la clase de canción que Ricky solía cantar en los comienzes de su carrera. *Tiene* una melodía dulce y Ricky la interpreta con un murmullo romántico y lleno de sentimiento. Con tanta canciones de donde escoger, no es la mejor canción en el disco, pero sí es buena.

"MARCIA BAILA"

Aquí está una canción vieja de Chichín-Ringer, que tú podrías haber escuchado antes. Está especialmente adaptada por Luis Gómez Escolar para Ricky, y es muy al estilo de "Por arriba, por abajo" con muchos tambores, ruido de muchedumbre y de trompetas. Esta tiene una fenomenal sensación de bossa nova y un sentimiento más controlado que las otras.

Aquí también a las trompedas se les ha dado un definitivo sonido muy hip–ska el ritmo caribeño antecede al reggae. Otro número latino vital en el disco de Ricky.

"No importa la distancia"

Antes mencioné en que cuando la compañía Walt Disney Pictures estaba buscando a alguien para que hiciera la voz en el rol de Hércules y que cantara las canciones en la tira cómica épica del mismo nombre, no tuvieron que buscar más allá de Ricky Martin para ambos. Este es el tema principal de la película, y lo escribieron David Zippel y Alan Menken. Renato López y Javier Pontón la tradujeron al español. ¿Deberíamos indicar que no hay nada de latino en esta canción? Es el mismo tipo de canción pop Disney que encontramos en *La Bella y la Bestia* y en *Mulán*.

Ricky ejecuta un magnífico trabajo con una simple canción pop y demuestra que es un artista que va a seguir cantando para nosotros por un buen tiempo al interpretar bien todo tipo de canciones.

"Gracias por pensar en mí"

Esta es una canción de rock suave que pudo haber sido cantada por el grupo "The Eagles" en 1976. La escribió Renato Russo, y se adaptó especialmente para Ricky Martin. Nuevamente Ricky canta bien, esta es una canción muy buena pero no es una de las mejores del disco.

Aunque Ricky puede interpretar bien las canciones que no son ni buenas, ni malas, no hay nada malo en esta pieza, aunque es un poco insulsa.

Pero aún es un agregado bien recibido en el disco insulsa.

"Casi un bolero" (intrumental)

La dedicación de Ricky al puro arte de la música y su devoción por los sonidos latinos se manifiestan aquí claramente.

Ricky no llega a esta canción sino hasta el final y débilmente. Esta es una versión instrumental de la canción escrita por Robi Rosa, KC Porter y Luis Gómez Escolar, de la cual hablé antes con gran entusiasmo, y que es aún más linda en este marco, con las contribuciones de Ricky, mínimas y de buen gusto.

Seguro que Ricky Martin quiere seguir siendo estrella. Pero él tambien está muy comprometido con llevarle a la gente la música que a él le gusta y así unificar al mundo con sus efectos curativos. Existen muchos discos compactos a la venta, pero muy pocos son los que uno escucha una y otra vez *Vuelve* es uno de esos.

Ricky por el mundo

A Ricky le encantan los libros.

Sin duda, Ricky tuvo muchas oportunidades para leer cuando estuvo en Menudo. Desde los doce hasta los diecisiete años, Ricky viajó nueve meses al año. Para los que mayormente se quedan en un mismo lugar por todo el año, la idea de viajar de un lugar a otro puede parecer muy glamorosa. De hecho es uno de los aspectos más difíciles en la vida de un artista, es una vida bien difícil.

Recuerdo una conversación con un grupo de artistas escoceses que viajaban alrededor del mundo todos los años con frecuencia, renunciaban sus integrantes porque viajar era muy duro. Todos mataban el tiempo leyendo libros en los aviones, autobuses, trenes, y automóviles que viajaban.

Ricky ahora tiene su propio jet, así que viaja cómodamente.

Pero pueden apostar a que todaviá lee. Y también a que leyó muchos libros el año en que lanzó su gran disco *Vuelve*.

¿No me creen? Me las arreglé para conseguir el itinerario de los últimos seis meses de 1998 de Ricky.

Sony lanzó *Vuelve* a principios del 98. Ricky presentó ''La copa de la vida'' para una audiencia televisiva de aproximadamente dos mil millones de personas al final de la Copa Mundial de Fútbol en un estadio de París Francia, en julio.

AQUÍ ESTÁ EL IFINERARIO QUE LE QUEDABA POR CUMPLIR DESPUÉS DE SU PARTICIPACIÓN EN EL ESTADIO: ITINERARIO DE RICKY PARA GIRA, PROMOCIÓN Y GRABACIÓN TOMADO DE WWW.RICKYMARTINVUELVE.COM

Agosto de 1998

1–6 Miami: sesión de grabación del álbum en inglés

7 Viaje desde Miami a Taiwán

9 Taiwán

11–12 Japón

13 Viaje de Japón a Miami

14 Orlando, Florida: participación en la Convención del Disco, de Sony

15 Miami: sesión de grabación

16 México: promoción

19 Viaje de México a Miami

20 Miami: grabación de la pista del nuevo comercial para Pepsi-Cola

21 Miami: filmación del nuevo comercial para Pepsi-Cola

22–23 Miami: sesión de grabación del álbum en inglés

24 Puerto Rico
25 Puerto Rico: conferencia de prensa, almuerzo con la radio y sesión fotográfica especial
26 Nueva York
27 Viaje de Nueva York a Los Ángeles
28 Los Ángeles: promoción
29 Miami: sesión de grabación del álbum en inglés
30 Miami: sesión de grabación de una canción especial para Taiwán y Asia.
31 Miami: promoción

Septiembre de 1998

1 Miami: sesión de grabación del álbum en inglés
2 Miami: video del próximo sencillo
  (¿será este el de "viviendo la vida loca"?)
3 Miami: sesión de grabación del álbum en inglés
4–5 Venezuela: conciertos
6 Viaje de Venezuela a Miami
7–8 Miami: Estados Unidos
9–15 Europa: Promoción
16 Viaje de Europa a Turquía
17–22 Conciertos en Turquía
23 Viaje de Turquía a Jordania
24 Jordania: concierto en la boda del príncipe Ghazi
25 Líbano: concierto
26 Viaje del Líbano a Francia, entrevista con la televisión francesa
27–30 Europa: promoción

Octubre de 1998

1–3 Francia: promoción
4 Viaje de Francia a Miami
5 Miami: sesión de grabación del álbum en inglés
6–7 Miami: sesión de grabación del álbum en inglés
8–10 Miami: promoción, concierto en el Miami Arena

11 Miami

12–20 Miami: sesión de grabación del álbum en inglés

21–24 Los Ángeles: promoción, concierto en Anaheim

25–26 Miami: sesión de grabación del álbum en inglés

27–28 Miami: sesión de grabación del álbum en inglés

29–31 Nueva York: promoción, concierto en el Madison Square Garden

Noviembre de 1998

1 Viaje a Miami

2–4 Miami: sesiones de grabación del álbum en inglés

5–9 Chile: promoción y concierto en Santiago

10 Perú: concierto

11–14 Colombia: promoción y concierto

15 Viaje de Colombia a Miami

16 Viaje de Miami a Australia

18 Llegada a Sydney, Australia

19 Sydney, Australia

20 Viaje de Sydney a Filipinas

21 Manila, Filipinas: concierto

22 Viaje de Filipinas a Taiwán

23 Taipei, Taiwán: concierto

24 Viaje de Filipinas a Singapur

25 Singapur: concierto

26 Kuala Lumpur, Malasia: concierto

27 Viaje de Malasia a Tailandia

28 Bangkok, Tailandia: concierto

29 Viaje de Tailandia a Indonesia

30 Jakarta, Indonesia: concierto

Diciembre de 1998

1–5 Japón: posibilidades de conciertos

6 Viaje de Japón a Miami

7–15 Miami: sesión de grabación

16–19 Miami: sesión de grabación

Miami: sesión de grabación; sesión fotográfica para álbum en inglés; filmación de video: primer sencillo del álbum en inglés

20–31 Miami: sesión de grabación

Ese era el plan, pero por supuesto hubo cambios.

Por ejemplo, el concierto en Jakarta nunca ocurrió por los disturbios.

También es probable que la muerte de la abuela de Ricky interrumpiera la grabación del álbum en inglés. Ésta se ha retrasado pero Ricky hizo su gira por el Oriente Lejano.

¿Donde estábamos? ¡Ah, sí! Pueden darse cuenta de lo que me refiero cuando digo que Ricky viaja mucho y le gusta la lectura. Por cierto, dos de sus libros favoritos son *La tregua* de Mario Benedetti y *Cien años de soledad* de Gabriel García Marquez.

Lo interesante es que a Ricky también le gusta leer poesía que no sólo muestra su aspecto romántico, sino su naturaleza reflexiva. Como sabemos, él tomó sólo un año para leer y reflexionar en Nueva York después de sus años con Menudo. Así que pueden imaginárselo con una nueva novela, volando al Oriente Lejano para presentar su show.

Las novelas y la poesía deben darle la calma y la concentración que él necesita para actuar con la intensídad que lo hace.

Y aunque el inglés ahora sea el idioma más conocido en el mundo—'Ricky lo habla muy bien'—y haya pro-

ducido un álbum con mayoría de canciones en inglés, él ahora está dedicado a su lenguaje materna.

Ya se esté presentándo en París, Francia, Sydney, Australia, Bangkok, o Tailandia; él cantará en español.

Recientemente le dijo a una revista: "Creo que no existe otro idioma como el español, pienso que es el idioma más hermoso. Es muy romántico. A veces no puedes traducir la misma emoción o el sentimiento exacto. ¡Nunca pararé de cantar en español!"

No obstante, él nunca se aleja demasiado de Puerto Rico. Visita a su familia y a sus amigos confrecuencia y habla de su hogar continuamente, dondequiera que viaja.

De hecho, sólo el año pasado Ricky Martin le hizo un gran favor a su país. Cuando Jorge Davil, director ejecutivo de la Junta de Turismo de Puerto Rico, necesitaba un nuevo comercial para mostrar lo maravilloso de Puerto Rico, y por qué la gente de otras partes del mundo deberían visitarlo, le pidió a Ricky que apareeiera en él.

Ricky no solamente aceptó. ¡No le cobró un centavo a Puerto Rico!

Así que pueden ver que mientras Ricky viaja por el mundo en su vida agitada, él no está sólo promoviendo a Ricky Martin. El es un embajador de la música latina y de Puerto Rico.

"La copa de la vida"

Ricky Martin ha expresado que aunque es un fanático del fútbol no lo juega bien y agrega que la pelota juega con él, no él con ella.

Este deporte ha tenido una enorme importancia en la vida de Ricky. Si estás leyendo esto en Estados Unidos, probablemente no tendrás idea de lo popular que es este juego en gran parte del mundo.

¿Dije "popular"? En realidad los fans del fútbol son bastante obsecados cuando del juego se trata. Hasta se puede decir que obsesionados.

Así que cuando hay tantos países en el mundo tan interesados en este deporte, tienes equipos nacionales que compiten a nivel internacional. Y el partido de fútbol más importante—que ocurre cada cuatro años—es el final de la Copa Mundial, en el cual se enfrentan los dos mejores equipos del mundo.

Piensen en la Serie Mundial de beisbol. O en el Super Bowl.

Cada vez que occurre la competencia por la Copa Mundial, se escoge una canción oficial para la misma.

No se puede decir si el fútbol es más popular en Europa que en latinoamérica. Si digamos que es el deporte que llena inmensos estadios en países al sur de la frontera de Estados Unidos. De todas maneras, con el gran interés de los latinos por el fútbol, naturalmente, los organizadores de la Copa quisieron reconocer esto con una presentación latina de importancia. Así que, buscaron a Ricky y a su gente para que cantara un tema.

Ricky le dijo a la revista *Smash Hits:* "El álbum de la Copa Mundial estaba grabado, y estaba a punto de ser lanzado cuando el jefe de la organización me preguntó si quería participar en Copa Mundial. Yo le dije que sí enseguida. Mezclar la música y el deporte es algo maravilloso".

Parecía cosa del destino, ya que Ricky era a su vez uno de los artistas latinos de más rápida subida. Pues había empezado a en el mundo con su canción "María", y por la manera en que él, sus músicos y productores, interpretaban la música latina con el impacto la precisión del rock y del pop.

No pudieron haber escogido a un mejor equipo que Robi Rosa y Luis Gómez Escolar para escribir la canción y a Ricky para interpretarla. Para darle un brillo rockero y más emoción, recurrieron a un maestro del rock, Desmond Child, reconocido compositor y productor de canciones de rock. Éste le daría el brillo, la clase y el impacto necesarios a la grabación del disco.

Los equipos finalistas de la Copa Mundial 1998 fueron Francia y Brasil. El partido final se jugó en París, Fran-

cia, ante un público que incluía estrellas del rock, del cine, gente rica e influyente y a los fanáticos communes del fútbol. Cuando Ricky apareció para cantar la canción "La copa de la vida", la mayoría de la gente ya lo *conocía*.

La canción fue un exitazo en todo el mundo. Por ejemplo, aún en la lejana Australia estuvo en las listas de canciones más solicitadas por lo menos treinta semanas, y fue la número uno seis semanas o más. Estas eran las cifras que entregó cuando Ricky viajó a ese país a promocionarse. Darryl Sommers lo entrevistó en su programa *Hey, Hey, It's Saturday*. El artista le comentó de cómo fue actuar ante casi dos mil millones de personas:

"Fue una experiencia fascinante. Estaba preparado para ella porque ensayé por más de un mes y ya me estaba muriendo por estar allí. Fue una manera interesantísima de intercambiar culturas. Mi música es mis ritmo y mi sonido, y es mi manera de presentar de donde vengo. El público ne recibio muy bien. Las reacciones y los comentarios de los medios de comunicación—internacionalmente hablando—fueron muy positivos. Esa es la clase de escenario al que quiero regresar, porque en él creces como artista".

Ricky no sólo subrayó lo viva y emocionante que es la música latina, también tuvo un gran éxito que al final lo llevó a ganar premios como el Grammy, como mejor artista latino, y le abrió puertas por todo el mundo como embajador de la música latina.

En efecto, él es un embajador de la música latina.

Sí. Ricky iba a Brasil. Y aunque el equipo de fútbol perdió, en realidad, Brasil ganó porque Ricky Martin presentó su música tan bien.

11

La mayor tristeza de Ricky

Recientemente, Ricky Martin casi renuncia a su carrera.

Un martes por la mañana, a fines de julio de 1998, falleció su querida abuela Iraida Negroni Arizmendi, a los setenta y cinco años. La pena lo conmovió tanto, que tuvo que sacar tiempo de su agitada carrera para reflexionar. *Señaló* luego, que hubo momentos en que consideró olvidarse de su carrera musical y dedicarse a otra cosa.

Se sabe que Iraida Negroni Arizmendi fue más que una abuela para Ricky. La madre de su padre fue una segunda madre. Durante ocho años sufrió de cáncer, así que Ricky sabía que le quedaba poco tiempo. Sin embargo, cuando en el último año ella tuvo complicaciones por su enfermedad, al joven se le hizo muy difícil. En parte, la razón del entusiasmo de Ricky por cantar en La Copa Mundial de Fútbol, en París a principios de ese

mes, dijo Ricky, fue que él sabía que su abuela enferma lo estaría mirando. Iraida Arizmendi le expresaba a menudo lo orgullosa que estaba de sus logros y su brillante carrera. Eso debe haberle dado a Ricky la fortaleza de espíritu para actuar aquel día y la fuerza para perseverar después de su muerte.

El Nuevo Día reportó: "Doña Iraida se fue feliz, porque sabia que Ricky era admirado como artista famoso en el mundo y que todo había cosechado gloria para su país. Pero sobre todo, ella lo vió crecer para convertirse en un hombre honesto e íntegro, que la quiso mucho".

Al final, Ricky decidió continuar con su carrera, era lo que su abuela hubiera querido. No obstante, el regreso a Puerto Rico para el entierro, debe haber sido muy duro para él. Ricky llegó a la funeraria Buxeda en Hato Rey, el 23 de junio. A las dos de la tarde se ofreció una misa por Doña Iraida en la capilla La Paz. Sólo se permitió la asistencia de familiares y amigos íntimos. Sin embargo, hubo setenta personas presentes.

El Padre Jaime Vergara, de la iglesia de University Gardens ofició la misa. Posteriormente, el Padre Vergara le contó a *El Nuevo Día* que en esa misma iglesia Ricky fue monaguillo durante tres anos. "Ricky me abrazó cuando me vio", dijo. "Recordaba aquella época. Estudió con nosotros en el Colegio del Sagrado corazón hasta el sexto grado. Era un buen muchacho".

Rubén Blades y Gilberto Santa Rosa estuvieron presentes, y también Charlie Castro, el guardaespaldas de Ricky—como amigo—no para ofrecer seguridad, la cual, Ricky no necesitaba por encontrarse entre sus familiares y compatriotas.

Ricky no se había convertido un extraño.

Él había visitado a su abuela a menudo. La semana anterior a que ella cayera en coma, él había volado para estar a su lado en el Hospital del Maestro. No *obstante*, tuvo que regresar a Miami para la convención de Sony Records.

La abuela de Ricky fue incinerada y sus cenizas lanzadas al mar.

Más tarde Ricky hablaba de ella a menudo. Especialmente en su gira por el *Oriente*.

Considerando la conmoción en su familia, la abuela debe haber sido una fuerza estabilizadora. Sólo podemos estar agradecidos de que su cariño, amor y la atención que ella tuvo para Ricky, lo ayudaron a desplegar su talento por el mundo, y que también le dió la fuerza para continuar después de su muerte.

Luego de la tristeza, Ricky le contó a *TV Guide México:* "Hace un mes que por poco lo dejo todo. Me sobrecogieron la pena y el dolor".

Entonces explicó: "Mi abuela murió. Pensé que estaba preparado para cuando se fuera, pero no lo estaba. No creí que pudiera actuar y sonreir, mientras me estaba muriendo por dentro. Sí, hace un mes atrás por poco me retiré".

De hecho, continuó diciendo en la entrevista, que él cree que el toque sanador de su abuela desde el más allá, es lo que le ha permitido seguir. Ricky siente que ella está ahora en un mejor lugar y que se comunica con él, apoyándolo en su carrera y en su misión en la vida.

Después que su abuela falleciera, Ricky no podía seguir cantando *Vuelve*, tema con que tituló a su disco compacto. Era la melodía que él cantaba para ella.

Quizás algún día los que asisten a los conciertos tendrán la suerte de ver a Ricky cantar esa canción otra vez. Cuando lo haga, seguro que la dedicará a Doña Iraida Negroni Arizmendi.

12

La vida sentimental de Ricky

Ricky Martin es un tipo romántico.

¿Cuán romántico?

Una vez, sabiendo que su relación sentimental estaba destinada al fracaso, decidió quedarse un día más con su amada y canceló una presentación en México. "¡Te regalo mi concierto!", le dijo.

Posteriormente expresó que jamás volveria a hacerlo, por supuesto, cuando este hombre se enamora, se enamora en serio. Por cierto, también dice que se ha enamorado muchas veces en un día, y que llanamente, le encantan las mujeres. Y las mujeres, lo quieren.

Sin embargo cuando se trata de detalles . . . Pero ese es otro tema.

LAS FANÁTICAS QUIEREN SABER

Una de las primeras cosas que le preguntaron a Ricky en una reciente conversacion AOL fue: ¿Tienes amores?

"Bien", Ricky disparó de vuelta: "¿y tú?"

Ricky Martin bien puede decir que está encantado de admitir que es un romántico y que le encantan las mujeres, pero él es una persona muy reservada que no revela con quien sale, ni habla de sus amóres. Pero en las entrevistas, habla mucho acerca de las mujeres, el amor y la sensualidad.

¡Probablemente, porque esa es la clase de pregunta que siempre le hacen! Una de las que le hicieron por un tiempo era si María era real. La supuesta inspiración para la canción que lleva el mismo nombre. Nunca ha querido dar una respuesta concreta. A veces, Ricky respondía "sí", y otras veces decía que había conocido muchas mujeres como la María de la canción.

Cuando *TV Week* le preguntó sobre ella, respondió: "No. Estoy soltero, bien soltero en este momento".

¿Estaría tratando de esconder algo de sus fanáticas?, quería saber el que lo entrevistaba. "No", respondió brúscamente. "Si estuviera enamorado lo gritaría para que todos se enteraran. El amor es *maravilloso*. Se debería compartir".

De hecho, Ricky dijo que las mujeres en su vida no han inspirado meramente canciones, sino álbumes completos. El dolor del amor perdido es una de las fuentes de su música, le dijo tristemente a la revista *Cleo*:

"Desafortunadamente, después que uno rompe una relación con alguien y el dolor está aún en carne viva, es que encuentras la necesidad de expresarlo de una manera muy dramática. Entonces, se transforma en música".

Cleo le preguntó: "¿Qué harías por amor?"

"Años atrás hubiera renunciado a todo y hubiera hecho todo por amor, pero ahora no. Quizás porque no he encontrado a la mujer indicada". Ricky dice que está listo para encontrar a la mujer ideal.

En efecto, reciéntemente le dijo a la revista mexicana *TV Guía:* "Mi gran amor puede llegar en cualquier momento, en cualquier lugar".

¿Qué cualidades especiales tendría ese ser especial para ganarse el verdadero amor de Ricky?

"Para que una mujer capture mi corazón debe tener algo muy sencillo: espontaneidad. No complico mi vida. No estoy buscando belleza o inteligencia, etc. Lo que me atrae es la espontaneidad, una muchacha que no tenga miedo a hacer tonterías. ¿Sabes a lo que me refiero? Que sea divertida. Que sea natural. Que sepa cuidarse y cuidar a los demás", le dijo al periódico *El Norte*.

Reciéntemente le dijo a la revista *Rolling Stone* en la edición del 29 de abril de 1999: "Necesito a alguien que no tenga miedo a equivocarse, alguien que se arriesgue, alguien que no esté posando todo el tiempo", dice Ricky, supuestamente al responder a una pregunta acerca de lo que necesita de esa persona romántica y especial. "Pero también necesito a una mujer cabal, que sepa como comportarse en la mesa y todo eso". *Rolling Stone* subtitula ese comentario: "Mujeres nerviosas".

Presumiblemente, Ricky quiere a alguien que él pueda llevar a su casa para que conozca a sus padres.

Pero no crean que Ricky no ha tenido su cuota de penas de amores.

Cuando *Estylo* magazine le preguntó si alguna vez le habían partido el corazón, Ricky contestó: "¡Sí! Duele mucho, no creo que el corazón se me sanará completa-

mente''. Ricky tuvo que enfrentarse al dolor, y piensa que hoy, puede creer en los demás. Salir, ver a otra gente y amar otra vez.

Con que Ricky ha estado buscando a ese alguien especial . . .

RICKY Y MADONNA

Desde que Madonna le plantó un gran beso a Ricky después a de su final y fabulosa actuación en los premios Grammy, la gente se preguntaba: ¿Querrá el destino que Ricky y Madonna se enamoren?

El hecho que sean vecinos en Miami facilitaría la conexión para estos ''*jet setters*''.

Cuando Madonna y Ricky se juntaron para producir una canción que estaría en el nuevo álbum de cada uno, no tardaron en surgir las especulaciones. De seguro que las chispas también volaban cuando el atractivo dúo cantó en el estudio. ¿Habían chispas volando también fuera de éste?

Hace poco, en una entrevista que le hicieran a Ricky en la emisora de radio puertorriqueña, cuando se le preguntó acerca de su relación con Madonna, el respondió immediatamente. ''No'', dijo. ''Nada romántico''.

Fue puramente profesional.

De hecho, Ricky y su equipo ya habían decidido que él debería hacer un dueto con una popular estrella musical.

En realidad Madonna no fue su primera elección. Primero, Ricky se acercó a Jewel, pero ella estaba muy ocupada. Cuando Ricky fue a solicitarle a Madonna que cantaran a dúo, ella aceptó immediatamente, reportó el

artista. Aunque ella piense que Ricky es atractivo y talentoso, no existe un romance entre ellos.

LAS MUJERES EN LA VIDA DE RICKY

Hay, por supuesto, rumores.

He oído decir que Ricky ha salido con la tenista Gabriela Sabatini, y también con una tal Sasha, de un conjunto pop mexicano. Pero éstos son sólo rumores.

La revista *People en español* ha mencionado por lo menos dos mujeres con las que Ricky, en verdad, tuvo amores.

Una de ellas es Lily Melgar, quien actuó junto a él en la tevenovela *General Hospital*. Ella dice que ''Su éxito no se debe solamente par su talento, se debe también por su manera de ser''.

Sin embargo, aquel pantalón de cuero y camisa de Giorgio Armani no eran su única compañía cuando apareció en los premios Grammy. También acompañaba a la ceremonia una bella rubia, cuyo nombre es Rebecca de Alba.

La cabezas se voltearon seguramente.

No obstante, todo el que conoce a Ricky Martin desde hace tiempo, sabe que las relaciones entre él y Rebecca llevan mucho tiempo.

¿Quién es Rebecca?

Bueno, en México la conocen muy bien, porque Rebecca de Alba es una presentadora en la televisión mexicana. ¿Presentadora?

La primera vez que escuché este término fue en Gran Bretaña. El equivalente más cercano en la televisión norteamericana es ''*hostess*''.

En otras palabras, un presentador introduce a los artistas invitados en los programas de variedades, y con-
versa amigablemente con ellos. Rebecca de Alba no es
sólo linda, tiene gracia y encanto; sino que cuando habla
se muestra segura de sí con la gente.

Ella es un poco mayor que Ricky—tiene treinta y cuatro años—pero, aparentemente, Ricky y ella se conocen
hace diez años. Desde que él tenía diecisiete, casi al
mismo tiempo, o inmediatamente después que él dejó
Menudo.

De acuerdo con la revista *People en español*, la rela-
ciónes han sido intermitentes. Sólo recientemente Ricky
se ha sentido cómodo al hablar del tema.

En la misma revista Ricky dijo de Rebecca: "Ella es
una mujer muy especial. Casándonos o no, ella ocupa un
lugar especial en mi corazón. Nuestra relación no es de
compromiso, no tenemos títulos, pero estamos juntos".

Pero, ¿podría dudar una relación interminente de diez
años? Aparentemente no.

ADIÓS REBECCA

Miguel Bosé es otro famoso cantante en el mundo de
la música latina. Ricky lo considera su cantante favorito.
Reciéntemente se ha reportado que a Miguel lo han visto
acompañado de una hermosa mujer. ¡Adivinen quién!
Pues es ¡Rebecca de Alba! Las noticia la conocieron las
fanáticas de Ricky en todo el mundo. A las listas de co-
rreo de Ricky Martin llegaron grandes cantidades de cor-
respondencia.

¿Cómo pudo ser esto?

¿Cómo pudo esta mujer preferir a Miguel antes que a nuestro Ricky? En el mundo de las celebridades es difícil decir lo que pasó exactamente. Sin embargo, le preguntaron sobre el tema a Ricky cuando apareció en un programa de la radio puertorriqueña, promoviendo su nuevo disco sencillo y su álbum.

"¿Qué estaba ocurriendo con Rebecca De Alba?", se le preguntó en la entrevista. Él respondio que Rebecca era aún una persona muy especial para él, pero sí habían roto nuevamente.

Así que ahí está, Ricky Martin está soltero de nuevo. Bien soltero otra vez.

Una de las buenas cualidades de Ricky es lo agradable que es con sus fans. Siempre que van a saludarlo, él se toma el tiempo para compartir con ellas.

A veces hasta las besa.

Tomen nota fanáticas.

Este tipo romántico está soltero otra vez.

Y en algún momento, y en algún lugar.

Podría llegar a darte un beso.

El Ricky espiritual

Kriya Yoga es la disciplina que Ricky ahora practica, la cual, aprendió en la India.

"En sánscrito eso significa 'Vive tu vida como si estuviera dirijida desde adentro' ", le contó Ricky a Liza Ghorbani de *Rolling Stone*, en la edición del 29 de abril de 1999. "Pensé que tendría que meterme el dedo de un pie en una oreja, pero de lo que se trata es de conectar el oido con la mente para llegar a oir los latidos del corazón, la circulación de la sangre por las venas. Es verdaderamente intenso".

"Es una clase de yoga que se puede practicar sin llamar la atención de nadie", dijo Ricky a la revista *People en español*.

Kriya Yoga te ayuda a lograr cualquier cosa con esfuerzo del alma. De hecho, según *People* en español, Ricky estuvo y meditando aún en el momento en que se

anunciaban los *nominados* para el premio de Mejor Artista Pop Latino.

Ricky sostiene que justo la espiritualidad lo ayuda a poner la fama en su lugar. No hace mucho, Ricky se afeitó la cabeza y se fue a Nepal, lugar donde la espiritualidad está bastante generalizada, donde meditó y leyó mucho, y se alejo de todo.

En la actualidad, Ricky estudia budismo. Aunque nació católico, y fue monaguillo, no revela qué religión profesa. Sin embargo, sólo porque estudies el budismo no significa que tengas que dejar de ser un cristiano, porque el budismo acepta a todas las religiones por igual.

Recientemente, Ricky consiguió una audiencia con el Papa Juan Pablo II, la cual, no sólo debe haber sido una experiencia maravillosa, sino muy conmovedora; no sólo para él, sino también para sus millones de fans que son católicos.

Ricky Martin practica la disciplina espiritual y mantiene la fama en su lugar. Él ha dicho que es natural que un artista busque el aplauso y la aprobación de la gente pero que entonces tienen que esforzarse para mantener con los pies sobre la tierra y conciente de lo que es importante.

Ricky dice que las buenas relaciones con su padre y el contacto continuo con Puerto Rico y sus familiares allá lo ayudan a mantener el equilibrio espiritual.

Su perro Icaro también tiene mucha importancia en su vida. Lo echa de menos terriblemente cuando viaja al extranjero.

Ricky encuentra gran consuelo en los libros y la poesía espiritual. Uno de sus libros favoritos es *The Seven Laws of Success: A Practical Guide to the Fulfillment of Your Dreams*, por Deepak Chopra. Se lo recomienda a

todo el mundo. Sin embargo, uno de los temas que aparece en *varias* de sus entrevistas es su a pego por el momento diario de soledad y quietud.

Aún con su vida tan agitada, la subida al estrellato él aparta un mínimo de veinte mínutos diarios; para reflexionar.

Esto es un buen consejo para todos.

Los videos de Ricky

¿**C**era caliente goteando sobre Ricky?
       Es a una imagen impresionante, es usada para darle un buen efecto a su video "Livin' la vida loca".

Las imágenes con música han ayudado por años a los artistas a publicitar sus canciones en la televisión y los otros medios de comunicación masiva. Por casi 20 años, MTV ha dominado el mercado, y ahora, con sistemas como el "Real Player", en Internet, los videos no han de desaparecer. Por ejemplo, pude ver la actuación de Ricky Martin en los Premios Grammy gracias a un video en el Internet. (El Real Player es un programa que permite ver videos musicales en tu computadora).

Ricky Martin no es la excepción, y ha hecho ya varios videos. De hecho, con los antecedentes de actuación, baile y televisión además de su buena apariencia física, es un área en la que sobresale.

Vuelve y "La copa de la vida" están en video. Pero uno de los videos en español más efectivos fue el de "La bomba".

"LA BOMBA" DETRÁS DE LAS CÁMARAS

Una de las preguntas que más le han hecho en entrevistas a Ricky es quién es la mujer que aparece con la espalda desnuda saltando a la hermosa piscina del National Hotel, de Miami.

Según un artículo publicado en *Eres* el 15 de agosto de 1998, ella es una modelo alemana. Tuvo que repetir el salto muchas veces hasta que el director estuvo satisfecho. Cada vez que ella saltaba a la piscina tenían que secarle su hermoso pelo que le llegaba hasta la cintura. Por lo tanto, el video tomó un buen rato.

"La bomba", por supuesto es un número bien atractivo. Se necesitaron bailarines para el video, y precisamente eso fue lo que consiguió el director Wayne Isham. Él también hizo los videos de "Vuelve" y "La copa de la vida". Treinta, para ser más precisos, sin contar a Ricky.

El video se filmó en cuatro lugares de Florida: Crandon Park, una playa en Key Biscayne; South Beach; el antes mencionado National Hotel y el Delano Hotel.

Tomó bastante tiempo disponerlo todo, y no sólo la música estaba caliente, Miami por cierto, *calienta* mucho en el verano, que fue cuando se hizo la filmación.

Si recuerdan, en este video se baila bastante en la playa, con el sonido ondulante de las trompetas y a golpe de tambor.

No fue fácil hacerlo.

Estas escenas se filmaron desde un helicóptero volando bien bajo, y haciendo un ruido *aterrador* y levantando arena por todo el lugar.

Ricky llegó un poco más tarde y trabajó con tesón.

Trató tan bien a los extras y bailarines, que estaban más que felices de trabajar pasada las dos de la mañana, a pesar del arduo día de trabajo y sólo contar con un descanso corto para comer pizza.

Las últimas escenas se filmaron en el Delano Hotel, donde Ricky y sus fieles bailarines guieron bailaron aún más. El resultado: un gran video y una canción encantadora.

Se espera que todos los videos de Ricky salgan pronto a la venta en un sólo paquete, para que todos los que no los conocen, tengan la oportunidad de verlo.

''LIVIN' LA VIDA LOCA''

Para ver todos los videos anteriores de Ricky, tendrían que ver un canal de televisión en español. Pero no fue así con el primer video en inglés. Desde que se lanzo, mucho antes que el disco sencillo estuviera a la venta, MTV empezó a pasar el video ''La vida loca''. Casi inmediatamente se disparó a las lista de las canciones más pedidas en MTV.

Lo pasaron en *Total Request Live* por muchas semanas consecutivas. Pero eso no nos sorprende, pues este video está tremendo.

Una canción fantástica con acompañamiento de guitarra y notas deliciosas que le agregan fuego al sabor de la música latina. ''Livin' la vida loca'' no es sólo una canción alegre. Es fogosa y pegajosa; el tipo de melodía

que se te mete en la cabeza, con letra que uno recuerda.

Lo que no olvidas del video no es sólo la canción, sino también a Ricky Martin. Hay muchas mujeres hermosas, algunas de ellas con poca ropa. Pero lo más memorable es Ricky y la cera caliente goteándole encima.

Ricky dijo en una entrevista recientemente hecha en Puerto Rico, que la hermosa mujer del video, es una modelo croata. También mencionó que la infame escena de la cera fue pura casualidad.

Aparentemente, estaban repitiendo algunas escenas del video en broma, Ricky le dijo a la modelo que le derramara la cera encima. Al director le gustó mucho la idea, y los hizo repetir la escena hasta lograr la toma que le gustó. Parece que las cosas se pusieron bien calientes para Ricky en el lugar de la grabación.

Hay muchos aspectos divertidos en este video. Pero yo, con tal de ver a Ricky en un atractivo traje negro, viéndose guapo y meneando las caderas una cinco veces en la canción, estoy satisfecha.

Si hay algún video a la venta con canciones más rápidas: ¡seguro que me gustaría verlo! Mientras Ricky canta de la chica que le hace vivir la vida salvaje, salen escenas relámpago de él y la chica en poses sensuales, y después manejando un convertible como un par de locos. Entremezclados con todo esto, salen los bailarines en lo que parece una discoteca, bailando, mientras que nuestro Ricky—¡viéndose tan bien!—se para en el escenario y nos entrega esta gran canción a la vez que destila encanto hasta por los poros.

Un artículo reciente comentaba sobre los cantantes latinos, que mientras la mayoría de los grupos alternativos se visten mal y miran hacia el suelo cuando cantan; los nuevos cantantes latinos te miran directamente y eso,

como dice un *escritor* del *L.A. Times*, hasta podrían enamorarse de tí. Ustedes ya saben que Ricky tiene un modo de mirar a la cámara . . . como si te *conociera*. El efecto es electrizante y, ciertamente Ricky lo hace en su video ''Livin' la vida loca''. De seguro, hay muchas mujeres a punto de desnudarse en la lluvia, por seguir los versos de esa canción.

Pero el centro de atención está siempre en Ricky, en este fenomenal, acelerado, alegre y ardiente video. Ricky es un gran cantante, sí, por cierto; pero también es un actor muy bueno que sabe qué hacer frente a la cámara. No hay duda que Ricky hará largometrajes en el futuro. Pero pueden estar seguros que ''Livin' la vida loca'' no será el último video de la estrella. Él tiene una cara y una presencia que son perfectas para esta clase de exposición.

El álbum en inglés

Por largo tiempo, Ricky viene mencionando en entrevistas su "álbum en inglés". No es que venga de Inglaterra. Es el primer álbum que Ricky ha hecho en inglés.

Para cuando salga este libro ya ha de estar a la venta. Está claro que será un éxito. El título es *Ricky Martin*.

¡Sí, si, ya sé! *Ricky Martin* es el nombre de su nuevo álbum. Columbia Records, la rama de Sony que está lanzándolo se imaginó que siendo este el primer álbum que tantos esperain, tendrían que recalcar de qué se trataba. Pues de Ricky Martin.

Entonces ¿por qué no bautizarlo con el nombre de la estrella? ¡Para que no se equivoquen! A principios de abril, los representantes de Ricky Martin, Angelo Medina Productions estuvieron bromeando al público con lo que saldría en el álbum. Todos sabían que el nuevo sencillo

de Ricky, "Livin' la vida loca", estaría en el disco. Después de todo, es una canción excelente y su video en MTV estaba volviendo loca a la gente. Dándole a la canción cuatro, de cinco estrellas, un periodista del *The Straits Times* lo describió como: "elementos vivas de salsa como la "Copa de la Vida". Está puesto para ser un éxito de Martin y si el resto del álbum lo sigue, él otra vez va por buen camino". (Ver la sección sobre "Livin' la vida loca" otra en parte de este libro).

Para asegurarse que las dos canciones que han sido un éxito en todo el mundo son apreciadas por los oyentes de habla inglesa, Angelo Media Productions también anunció que ambas: "La copa de la vida" y "María" estarían incluidas en el nuevo *Ricky Martin*, cantado en lo que ellos llaman "Spanglish", una combinación de español e inglés. En otras palabras, Ricky canta los versos en inglés y en español en los coros, como en "Livin' la vida loca" con bastantes frases en español entremezclada, pero con suficiente inglés para que los oyentes ingleses entiendan la letra.

La canción que da título al álbum y que pronto, sin duda, será un sencillo se llama "Ten cuidado con mi corazón" ("Be Careful" con Madonna). La produjo William Orbit, el mismo que produjo *Ray of Light*, el último disco de Madonna.

La compañía de producción de Ricky anunció que Madonna no será la única artista con la que Ricky cante a dúo en el disco. Él canta "Emociones privadas" con Meja, una cantante sueca que es bastante popular en Europa. Esta acción garantiza el éxito para la canción y para el álbum en Europa, pero también dará a conocer a Meja, que no es muy conocida en Estados Unidos.

De mayor importancia es que Emilio Estefan se uniera al equipo de productores de *Ricky Martin*, pues él ha ayudado a lanzar a su mujer Gloria Estefan y a muchos otros artistas para que logren el éxito en Estados Unidos.

Una de las canciones producidas por Emilio Estefan es "Shake Your Bon-Bon". ¿Debo decir que esta es una canción bailable?

Los otros socios de Ricky, Robi Rosa y Desmond Child también colaboraron en el disco. Otras canciones son "Spanish Eyes" o "Noche de carnaval", una salsa para chasquear los dedos.

Quizás la canción del disco más importante para Ricky sea "She's All I Ever Had" o "Bella", la que dedicó a su abuela fallecida el verano pasado.

Como recordará, en otra parte de este libro Ricky mencionó que la musica india lo ha influenciado, y que, sin duda, un día la incluiría en una canción. Pues no ha tardado en hacerlo.

De hecho, "She's All I Ever Had" incluirá interpretaciones instrumentales solo interpretadas con cítara india, el instrumento que Beatles y Ravi Shankar popularizaron en el occidente. Anteriormente, Ricky reportó también que el disco incluirá dos canciones completamente en español, a pesar de que éste sea en inglés. Ricky no podía abandonar a los hispanohablantes que tanto han hecho por él.

De acuerdo a algunas fuentes, la produción de este álbum costó más de un millón de dólares. ¡Y eso es sin contar los honorarios profesionales de Madonna!

¡Entérense!

Se imprimieron cinco millones de copias de *Ricky Martin* para distribución internacional. Y dos millones sólo para Estados Unidos

Sin duda, la compañía de grabación estaba completamente segura que Ricky había llegado a superestrellato. Y, ¡así es!

LISTA DE GRABACIONES

1. Livin' la vida loca
2. Spanish Eyes
3. She's All I Ever Had
4. Shake Your Bon-Bon
5. Be Careful (Cuidado con mi corazón)
   Duo de Ricky Martin y Madonna
6. I Am Made for You
7. Love You for a Day
8. Private Emotion
   Duo de Ricky Martin y Meja
9. The Cup of Life (Edición de radio en Spanglish)
10. You Stay with Me
11. Livin' la vida loca (versión en español)
12. I Count the Minutes
13. Bella (She's All I Ever Had)
14. María (Edición de radio en Spanglish)

Las raíces de la música de Ricky Martin

"**S**e trata de la fusión", dijo Ricky en el programa de televisión *S.O.P.* "Nací en Puerto Rico, una isla muy pequeña en el Caribe con mucha influencia de Europa, mucha influencia de Estados Unidos, pero con mayor influencia de Africa. Así que trato de trabajar con las cosas que crecí escuchando. Hemos producido un poco de algo bailable y del romanticismo que aporta el idioma que hablo . . . Y debo decir que es muy refrescante".

La historia de la música latinoamericana es compleja y fascinante, y vale la pena estudiar profundamente.

Como dijo hace muchos años el musicólogo cubano Emilio Grenet, cuando la música latinoamericana se estaba popularizando en Estados Unidos:

"Lo que ahora se presenta . . . como algo nuevo y excitante, no ha surgido como una atracción turisica más

bien improvisada es un logro espiritual de un pueblo que ha luchado por cuatro siglos para encontrar un medio de expresión''.

De niño, *joven* en Puerto Rico, a Ricky le gustaba escuchar la radio. Le encantaban las canciones pop, y escuchar las estaciones de rock. Por estar asociado con Estados Unidos en muchas maneras, las estaciones de radio de allá transmitían mucho de lo que tenían que ofrecer Estados Unidos rock y pop en abundancia.

Ricky las escuchaba todo el tiempo, él recuerda, pero su madre quería que también estuviera conciente de su patrimonio nacional. De la música de su gente, y del resto de latinoamérica y otras islas caribeñas como Puerto Rico asi como México Centroamérica y Sudamérica. A Ricky le encantaba.

Así estuvo expuesto, desde una edad temprana, a todos los elementos que hoy conformam su sonido. Ellos corren por sus venas. ¿De donde viene esta música latina que Ricky canta?

FUSIÓN

La gente que dice que sólo le gusta un tipo de música está engañada. Cualquier clase de música que escuchas no salió del aire ni deja de cambiar. Toda la música crece, cambia y surge de la historia. Afortunadamente, los historiadores y musicólogos conocen los orígenes de la música de los últimos siglos. Por eso Ricky Martin, el cantante y compositor, los que escriben temas para los que producen y tocan sus canciones, pueden mirar al pasado y ver los *orígenes* de ''su'' sonido. Cuando Ricky canta ''Casi un bolero'', del álbum *Vuelve*, lo hace con influencia española. El bolero es tradicional de la música española, cuyo conocimiento es tan vital como el idioma

español para entender la música latinoamericana.

El bolero es una danza española, también el fandango y la jota. Estos bailes han influído la música del mundo, especialmente la de famosos compositores europeos. La música española por sí misma es una fusión, desde que los moros ocuparon gran parte de España por muchos años en lugares como Andalucía, resultando en el cante jondo y el más famoso el de todos: el baile flamenco. (Se ha dicho que "La copa de la vida" tiene mucho sabor flamenco).

Cada región de España tiene una cultura en particular, y cuando España conquistó al Nuevo Mundo, todas estas culturas influenciaron a latinoamérica esparciendo romances, baladas y villancicos. La música de Portugal también influenció, pero más a la música de Brasil, que fue una colonia portuguesa.

Pero hubo mucho más en esa mezcla que la música europea. Los colonos de España y Portugal encontraron que los nativos del Nuevo Mundo tenían una rica tradición musical. No obstante, esta música era parte de su poesía y danza, pero no se ejecutaban por separado Aunque no existen archivos de la música se han encontraron muchos instrumentos viejos tambores, flautas y zampoñas. Mucha de la música, por cierto, era cantada.

Los historiadores saben que los músicos ocupaban un lugar importante en la civilización precolombina, y que la música era una parte vital del diario vivir. Aunque los españoles y los portugueses—y sus esclavos africanos— trajeron la música que empezó a dominar en latinoamérica, reconocían la importancia de la música de las culturas nativas y la usaron para propagar *la fe cristiana*. Les enseñaron a tocar instrumentos de cuerdas como la guitarra, y muy pronto ejecutaron cantos religiosos.

A través de los siglos, mientras que en las iglesias y los teatros de las grandes ciudades sudamericanas se escuchaban mayormente imitaciones de estilos europeos, en la enorme extensión de los campos *rurales* se desarrollaba una música diferente.

Esta música folclórica surgió de la combinación de instrumentos nativos y europeos. Viejas y básicas melodías se transformaban al ejecutarlas con estilos *portugueses* o españoles. Además, las viejas danzas se vieron influenciadas por los fabulosos ritmos traídos por los esclavos africanos. Algunos ejemplos de esto que han sobrevivido hasta hoy es el villancico, el corrido de México, el cachua o guayno de los Andes.

Como siempre es el caso, la música folclórica influenció a los compositores de las ciudades, y pronto, cuando los artistas llegaron a estar más concientes de sus antepasados, buscaron más las influencias surgidas de sus propios países mientras empleaban formas musicales europeras.

Las danzas siempre fueron populares.

Los bailes de europa llegaron a latinoamerica y contribuyeron a los estilos de danza sudamericanos, incluyendo la habanera, el danzón, el jarabe, la guajira y el tango.

Desde su hogar en Puerto Rico, pasando por México y siguiendo hacia el sur hasta la punta de Argentina, la música y la danza eran una parte importante de las distintas culturas que se formaron con el paso de los siglos, creándose un rico y variado patrimonio. Esta música, una mezcla de estilos diferentes es hermosa, llena de vitalidad, frescura y ritmo. Ricky Martin, con todas estas influencias, no es la primera persona en llevar la música *latinoamericana* a Estados Unidos.

LA MÚSICA LATINA EN ESTADOS UNIDOS

Debemos recordar que la música latina no es sólo una influenciá externa, sino que también se genera dentro de Estados Unidos. Ahora existen más de treinta millones de norteamericanos de descendencia latina, un número que convertira a los latinos en el grupo minoritario más grande de Estados Unidos para el año 2005.

Este no ha sido siempre el caso, y mucha de la influencia latina ha sido de visitantes y nuevos ciudadanos recientemente llegados de otros países. Aunque bastantes chicanoamericanos del suroeste y los puertorriqueños dieron a conocer su música, y aunque mucha de como la música conocida ''salsa'' se originó en la ciudad de Nueva York, los sonidos mismos son de origen latinoamericano e ibérico (español y portugués).

No hay muchos libros acerca de la música *latinoamericana* en Estados Unidos. Esto es desafortunado, ya que la música latina ha tenido una gran influencia en la música popular norteamericana, que toma y deja el estilo, pero nunca se aparta de él. Si quisieras leer un estudio detallado sobre la música latinoamericana en Estados Unidos, te animaría a que consiguieras (y pienso que Ricky estaría de acuerdo conmigo) el excelente libro *The Latin Tinge, The Impact of American Music on the United States*, por John Storm Roberts. Afortunadamente para mi investigación sobre Ricky Martin y su música la editorial Oxford University Press lo reimprimió en un libro de bolsillo, que se consigue en muchas librerías. Me ha ayudado tremendamente a comprender a la música latina y a Ricky Martin.

Robert Palmer, crítico del *New York Times*, dice del libro, ''Roberts se preocupa apasionadamente por la mú-

sica latina y describe lo que oye con suficiente claridad para permitirle al que no es latino que también lo escuche . . . *The Latin Tinge* es un aporte importante a la literatura musical americana''.

En su libro John Storm Roberts indica que cuatro países latinoamericanos han hecho la mayor contribución a la presencia de la música latina en Estados Unidos. Estos son: México, Argentina, Brasil y Cuba.

En el caso de Ricky Martin y la música de Puerto Rico, la influencia mayor es la cubana, porque está cerca de la Isla y tiene características *similares* a la influencia de la música autóctona mezclada con la española y con sonidos y ritmos africanos.

Cuba, como Puerto Rico era vecina cercana de Estados Unidos, y antes del gobierno de Castro y del comunismo se viajaba entre ambos países fácilmente permitiendo el intercambio musical.

Una de las primeras influencias de Cuba en Puerto Rico fue habanera, canción cubana que nació de la contradaza española y de la ''contradanse'' francesa. Pero incorpora la ''llamada y respuesta'' africana. Es posible que se hiciera *popular* en Estados Undios porque fue lo suficientemente simple y porque se podía escribir en hojas de música. Corría el siglo XIX, recuerden que entonces no existía el fonógrafo, y que la música se propagaba por escrito.

Mucha gente tocaba el piano y anhelaba conseguir canciones nuevas para tocar en las reuniones sociales.

En 1920 llegó el son cubano a Estados Unídos. Es un ritmo probablemente creado por los cubanos, que provocó la locura de la rumba en los años treinta.

Roberts establece que la música cubana fue la mayor influencia sobre el estilo musical latino ''caliente'' en

Nueva York que hoy se conoce como "salsa".

Las orquestas cubanas que más influenciaron a las nor-teamericanas fueron las *char*angas y los conjuntos. Es probable que la mayoría de los conjuntos influenciados por los grupos de negros que desfilaban en los carnavales, tuvieron la mayor influencia, particularmente debido a estrellas como Desi Arnaz quien llegó a Nueva York . . . y de ahí al resto de norteamérica.

¡Sí! El mismo Desi que actuaba como Ricky Ricardo en *I Love Lucy*, con Lucille Ball. Como recordarás, Ricky fue el líder de una banda cubana que tocaba conga, un tambor grande que se ataba a un costado. Mientras in-terpretaba un número de canciones en los programas pue-den apostar que el verdadero Desi Aznar en vivo fue más atrevido en 1939, cuando actuó en Broadway, que cuando se presentaba en la conservadora televisión norteameri-cana.

Arnaz también hizo películas con énfasis en la música latina en los años cuarenta, antes de alcanzar la fama en la televisión.

Aunque Puerto Rico tiene la misma mezcla musical que Cuba, su influencia en la música de Estados Unidos no es tanta como la de Cuba.

¿Te acuerdas de "La bomba"? Ese es un baile puer-torriqueno, que le debe mucho a la música de africana.

La plena es también muy popular en Puerto Rico—y bien conocida por Ricky Martin—. Se parece al calipso porque trata temas politicos. Pero no hay mucho de plena o calipso en la música de Ricky.

Se ha dicho que "Livin'la vida loca" toma del "ska"—la música jamaiquina que destaca las trompetas y que dio origen al reggae—, pero que ahora se conoce en todo el mundo con un sabor "punk".

Ricky Martin debe tambien conocer la música ''jíbara de su isla, la cual es extremadamente española. Los aguinaldos son las canciones navideñas que se escuchaban en Puerto Rico incluso cuando nació Ricky. Los músicos salseros de Nueva York los usan de vez en cuando. El efecto principal de la música jíbara está en el fraseo que emplean los cantantes puertorriqueños, y quizás han influenciado el de Ricky.

Ricky Martin pasó más de un mes en Brasil, preparándose para su álbum *Vuelve*, y por cierto, la música de ese pais ha afectado la música latina y la de Estados Unidos. A su vez, los ritmos africanos han influenciado la música brasileña, tanto, como la de Cúba y Puerto Rico.

Pero los ritmos del Brasil son más sutiles y suaves que los de África. No olvidemos que la influencia musical mayor es la portuguesa, lo cual la hace diferente al resto de latinoamérica. Algunos de los estilos brasileños mas conocídos en Estados Unidos son el *bossa nova*, el *maxixe* y la samba.

No cabe duda de que aunque Ricky Martin estaba investigando escuchó una rica variedad de estilos que usó efectivamente en *Vuelve*.

Uno de los primeros tipos de música latina en causar una conmoción popular en Estados Unidos fue el tango de Argentina.

A principios del siglo XX los bailarines Irene y Vernon Castle tuvieron tal éxito con la forma del ''tango'' que la música bailable latinoamericana llegó a ser inmensamente popular en Estados Unidos, y dio origen a muchas escuelas de baile.

La música de México tiene menos influencia africana que las otras. Además, la mayoría de los españoles que

se fueron allá eran del norte de España, y llevaban una tradición folclórica diferente.

Mientras México se desarrollaba como nación, habían también influencias en la música mexicana que no provenían de España. Estas incluyen al vals y la polka—el acordeón asociado con la polca del este europeo se usa a menudo en la música hispana—.

Ricky ha pasado una buena parte de su vida profesional en México, que tiene una vida musical vibrante; eso se eschucha en su música. El debe conocer las rancheras y los corridos que son tan populares allí. México ha sido siempre una audiencia selecta para Ricky. La tradición de los romances o baladas deben haber afectado su increíble estilo, y eso se nota en las canciones de amor que pueblan todos sus álbumes. Otra música mexicana que ha sido famosa en Estados Unidos ha sido la de marimba. Y es seguro que todos en Estados Unidos han escuchado la música de los mariachis en la que se emplean trompetas, violines y guitarras.

En una ocasión, le preguntaron a Ricky si le había llevado serenatas a sus novias, y él respondió que aunque hubiera querido hacero en Puerto Rico nunca pudo porque allí esta prohibido por ley. Los puertorriqueños, dijo en broma, ''tienen fama de ruidosos''. Pero el muy romántico Ricky Martin ha llevado serenatas en México, donde es legal y se acostumbra.

¿Te puedes imaginar cómo sería pararte en tu balcón, con la luna en el cielo, el aroma de las flores en el aire y Ricky cantando en la calle? ¡Ay Caramba!

Cuando Ricky lleva serenatas en México, ¿lo acompañan unos mariachis? o ¿trae a Robi Rosa, Desmond Child y a Luis Gómez Escolar?

¡La música latina Domina!

Aquellos tambores pulsantes, las excitantes y vibrantes trompetas, la guitarra increíble ese ritmo y persistente y sincopado.

La música latina que Ricky Martin representa tan bien es una fuerza viva, una maravillosa historia que satisface por ser muy rica, y es un gran regalo.

La música latina se puede bailarse pero también puede ser tranquila y hermosa, como la magnífica ''Casi un bolero'' y otras baladas.

La música latina es una fusión de tradiciones que se adapta y le da un profundo sentido a la vida

Se dice que cuando músicos negros de Nueva Orleans trataron de tocar música latina a fines del siglo XIX inventaron el jazz. Sea esto cierto o no la música latina y el jazz se han influenciado entre sí.

Pero no importa, gracias a Dios que la música latina está volviendo para enriquecernos a todos nosotros. ¡Gracias a Dios por los artistas latinos que nos la traen! ¡Gracias a Dios por Ricky Martin!

Ricky Martin: Sus datos personales

NOMBRE: Enrique Martín Morales
LUGAR DE NACIMIENTO: Hato Rey, Puerto Rico
FECHA DE NACIMIENTO: 24 de Diciembre de 1971
EDAD: 27 años
SIGNO ZODIACAL: capricornio
ESTATURA: 6'1"
PESO: 165 libras
COLOR DE PELO: castaño claro
COLOR DE OJOS: castaño
HERMANOS: Fernando, Ángel, Eric, Daniel y Vanessa
MADRE: Nereida Morales
PADRE: Enrique Martín Negroni
MEJOR CUALIDAD: la sinceridad
PEOR CUALIDAD: la sinceridad
TEMOR: a las serpientes
LE DAN CORAJE: las mentiras

LAS PREFERENCIAS DE RICKY MARTIN

Lugares de vacaciones preferidos:
  Puerto Rico
  Key West, Florida
  Río de Janeiro
  Las Islas Seychelles
  El Gran Cañon, Arizona

Películas favoritas:
  The Godfather (Estados Unidos)
  La ley del deseo (España)
  Platoon (Estados Unidos)
  Il Postino (Italia)
  Fresa y Chocolate (Cuba)

Música favorita:
  Clásica
  Rock clásico
  Salsa
  Brasileña
  De la Nueva Era

Poetas favoritos:
  Mario Benedetti (Uruguay)
  T. S. Elliot (Estados Unidos)
  Federico García Lorca (España)
  Arthur Rimbaud (Francia)
  Angel Morales (abuelo de Ricky, Puerto Rico)

Comida favorita:
Cubana (y la puertorriqueña)
Italiana
Mexicana
China
Japonesa

Libros favoritos:
La Tregua (Mario Benedetti)
The Seven Laws of Success: A Practical Guide to the Fulfillment of Your Dreams (Deepak Chopra)
Dilema humano (Iraida Negroni, abuela de Ricky)
Cien años de soledad (Gabriel García Marquez)
The Confidential Clerk (T. S. Elliot)

Diseñadores favoritos:
Giorgio Armani
Dolce y Gabbana
Helmut Lang
Yohji Yamamoto
Paul Smith

Canciones favoritas:
''Fragile'' por Sting
''The Man I'll Never Be'' por Boston
''Faithfully'' por Journey
''Fuego de noche, nieve de día'' por Ricky Martin

INFORMACIÓN ADICIONAL

Tópicos de libros favoritos:
Poesía
Filosofía
Arte
Literatura clásica

Actor favorito:
   Robert De Niro

Cantante favorito:
   Miguel Bosé

Deportes favoritos:
   Esquí
   Natación
   Equitación

Colores favoritos:
   Azul
   Negro
   Rojo

Música pop favorita:
   Jazz
   Sting
   Phil Collins

Carro favorito:
   Mercedes Benz

Actriz favorita:
    Demi Moore

Pasatiempos:
    Dormir
    Tocar el saxofón
    Leer

Lo que le gusta de su cuerpo:
    El pelo
    Los ojos

Lo que no le gusta de su cuerpo:
    Las piernas

Hábito nervioso:
    Tocarse el pelo constantemente

Animal favorito:
    El delfín

Cómo se describe a sí mismo:
    Feliz
    Fiel
    Celoso
    Llorón

Mascota:
    Su perro Ícaro

Lo mejor de su carácter:
    La paciencia

18

¡Ricky hoy y mañana!

"**D**esde los premios Grammy mi vida se ha vuelto loca", contó Ricky a Alisa Valdés-Rodríguez del *L.A. Times*.

Ricky había estado llamando a los reporteros, concediendo entrevistas para promover su nuevo sencillo "Livin' la vida loca" que sería lanzado oficialmente el 20 de abril de 1999. El álbum, *Ricky Martin*, de Columbia, se estrenaría el 11 de mayo de 1999.

¡Y no es de extrañarse!

Los medios de comunicación estaban frenéticos. La guapa cara de Ricky Martin aparecía por todas partes.

Ricky es el cantante más atractivo que ha dado en mucho tiempo, y sus caderas, que giraban en el concierto de los premios Grammy, tuvieron el mismo impacto que las de Elvis Presley hace dos generaciones, en los años cincuentas.

Se anunció que el álbum *Ricky Martin* sería lanzado unas pocas semanas más tarde, pero era tal la fiebre por Ricky Martin que Sony, la compañía matriz de Columbia Records, decidió cambiar la fecha para satisfacer la arrolladora demanda. Ricky comentaba para *Entertainment Weekly*: "Con toda humildad, creo que venderemos 10 millones de copias".

En la misma edición a fines de abril de esta excelente revista de cultura popular se reportó que Tommy Mottola, gerente general de Sony, estaba tan apurado en sacar el álbum que apuró las sesiones de grabación de "Ten cuidado con mi corazón" (Be Careful with My Heart), el dúo que Ricky grabó con Madonna y que había estado retrasando las cosas. Dicen que Madonna se enojó tanto que se fue de la sesión de grabación, y Ricky tuvo que hacer el papel de diplomático para que las cosas continuaran normalmente.

De hecho, Ricky Martin es el niño mimado de Tommy Mottola, así que no debe haber costado mucho calmarlo. Después de todo el gerente de Sony y su gente estaban tan contentos con la actuación de Ricky y las actuaciones, de los artistas latinos de pop en los premios Grammys que transportaron a Ricky en el jet de la compañía (para que no tomara un vuelo comercial) y pudiera cumplir con sus compromisos en Europa, y así pudiese celebrar en las fiestas de los Grammys.

Hay más razones para explicar el éxito de Ricky, por supuesto, además de se un gran cantante y actor.

Él llegó en el momento preciso al lugar adecuado, el étito de Ricky tiene otra razón de ser. Llegó cuando los estilos latinos están abriendo caminos con empuje. En el *L.A. Times*, Jody Gerson, vice-presidente de las publicaciones EMI se refería a Enrique Iglesias, pero pudo

haber estado hablando de Ricky Martin cuando dijo: "Esto ha estado ocurriendo por un buen rato. Hacían falta verdaderas estrellas masculinas del pop en la corriente principal del mundo pop. Ese artista blanco no existia".

Tommy Mottola indica en el mismo artículo que no ha habido un artista masculino blanco del género desde George Michael. Así que hay un vacío que hay que llenar. Y Ricky Martin está muy contento de llenarlo.

Pero, ¿qué más necesitamos saber de él, para entender y apreciar mejor quién es y qué hace? ¿Cuáles son sus planes para el futuro? ¿Qué hará con su talento? Y a ¿qué se debe la conmoción que causa con sus actuaciones ante un público?

RICKY EN PERSONA

Después de la actuación en los premios Grammy, el público se puso de pie, rugiendo y aplaudiendo lo que acababan de ver. Y mientras que la gran audiencia televisiva vio y escuchó todo, el "efecto completo de Ricky Martin" se percibe mejor en vivo.

El tipo es un gran artista.

Supuestamente, antes de los Grammys, Ricky estaba un poco nervioso por tener que actuar ante un público que incluía a algunos de sus ídolos como Sting.

Pero meditó, se calmó y decidió entregar la dosis de entusiasmo que ha venido entregando al público por años, con la esperanza de que gente como Sting lo recordarían.

¡Pues claro que Sting se va a acordar de Ricky!

Frecuentemente Ricky Martin le dice al público que va a entregarles el corazón y el alma desde el escenario.

El concierto de Ricky en vivo es espectacular.

Con el apoyo de músicos que saben cómo lograr esos increíbles sonidos del rock latino, Ricky cuenta con iluminación y elementos audiovisuales que enfatizan la dramática presentación de sus canciones.

Ricky se ve fantástico en cualquier ropa sea formal, a la moda, suelta, y de lujo. Para sus conciertos escoge vestimentas maravillosas que lo hacen verse magníficamente. Y ahora que cuenta con los diseños de Giorgio Armani, pueden apostar que sus conciertos van a parecer desfiles de modas.

El joven baila fantásticamente y canta con energía y sinceridad. Y cuando mueve sus caderas al ritmo de la música las damas se aturden. Todas las críticas de sus conciertos que he leído, hablan de un derroche de danza durante sus actuaciones, tan poderosa y conmovedora es su actuación.

Los shows de Ricky son una experiencia musical inolvidables, con buenas canciones y actuaciones correctas y precisas. Sin embargo, lo que distingue Ricky de los demás es la manera en que se conecta con su público.

Cuando estás en un concierto de Ricky Martin parece que canta sólo para tí. Y el hombre es sincero en cuanto a eso. Él está a favor de toda clase de causas, y a menudo lo paran para que hable de lo que siente y lo que le preocupa. El año pasado, cuando expresó su preocupación por la epidemia del SIDA antes de cantar la canción de un joven brasileño que murió de la enfermedad. También, siempre listo para ofrecerse como voluntario por alguna buena causa, como lo hizo en abril, cuando canto en el Rainforest Foundation Charity Fundraiser. (¡Ricky se veía magnífico, con traje y sombrero, cantando una canción de Frank Sinatra!)

Los espectáculos de Ricky no son sólo entretenimiento. Con vitalidad y energía, él lleva sus sonidos latinos a todos, cantándole a todas las emociones humanas, y juntando a la gente de todas las razas y credos. Todos somos seres humanos, Ricky parece decir en sus conciertos. Déjennos llorar, déjennos amar, déjennos celebrar, pero más que todo déjennos juntarnos y sanarnos y sanar los sentimientos con amor, alegría y música.

Este año, Ricky saldrá nuevamente de gira por todo el mundo.

En el otoño deberá actuar en Estados Unidos. Él ya tiene compromiso para un concierto en un estadio en julio, así que pueden apostar que esta será una gran gira. ¿Irán? ¡Yo sí!

LA CARRERA DE ACTUACIÓN DE RICKY

Ultimamente, Ricky se ha concentrado en su música. Pero pueden estar seguros, que después de este año, él recibira muchas ofertas estelares para actuar en películas. Él ya ha actuado *maravillosamente* en comerciales, incluyendo el que hizo con Janet Jackson para la Pepsi-Cola. Se rumora que ya le han ofrecido un papel en una película nueva de Oliver Stone. También le ofrecieron el papel principal en la segunda versión de *West Side Story*, junto a Jennifer López. Ricky no lo aceptó porque aunque admira la música de Leonard Bernstain, siente que la historia recalca un estereotipo negativo de los puertorriqueños. Por encima todo, el quiere mostrar a su gente como son.

No es sorprendente, después de todo, él apareció en ese programa piloto para televisión de Zalman King y en

General Hospital. Y ganó un premio "Eres" por actuar en una película mexicana.

Predicción: Ricky Martin va a ser tan exitoso en el cine como lo es en el mundo de la música.

EL FUTURO

Ricky también tiene un restaurante. Se llama "Casa Salsa". Se inauguró diciembre de 1998 en la famosa Ocean Drive de Miami Beach. Aparte de servir todo tipo de comidas, mayormente sirve platos de Puerto Rico que le gustan a él.

Para Ricky es un hogar lejos del suyo cuando está en Miami, pero también le sirve en su misión de llevar su cultura a otros.

Ricky pasará un tremendo año de gira, pero estoy seguro que le veremos en varios programas de televisión. Y recibirá más nominaciones para los premios Grammy en los próximos años, y quizás hasta otra magnífica actuación.

Pero Ricky Martin tendrá también el tiempo para trabajar con causas caritativas que son importantes para él, y contribuirá con su tiempo y con su dinero para retribuir lo material y el amor que ha recibido de su audiencia mundial. El es esa clase de persona. El sabe lo que importa en la vida.

Ricky es el ejemplo para muchas estrellas latinas que pronto irrumpirán en el ámbito musical norteamerican, incluyendo a Shakira, Jennifer López, Luis Miguel, Enrique Iglesias, Marc Anthony y Miguel Bosé. Otros grupos tradicionales y de rock con sonidos latinos incluyen a: "Los Super Seven", "Buena Vista Social Club" y "Los Lobos".

Ellos nos traen una música maravillosa, tienen carisma, encanto y chispa. Pero también nos traen la calidez de una música que nace de la pasión, el amor y la necesidad de expresar sentimientos y deseos.

"Somos el género de música que crece más rápidamente, y cada vez se ven más grupos que no son latinos que han de entrarse en música latina", dijo Joe Trevino, en la revista *Rolling Stone* del 13 de mayo de 1999.

La personalidad vibrante de Ricky Martin y su música es lo que necesitamos.

Divirtámonos y apreciemos a esta nueva y sorprendente estrella y agradezcámosle lo que nos brinda.

¡Brindémosle un homenaje a Ricky Martin!

Información

PÁGINAS EN INTERNET

Página oficial en Internet de Ricky Martin:
http://www.rickymartin.com

Música Latina:
http://www.lamusica.com

Página no oficial en Internet de Ricky Martin:
http://www.members.tripod.com/~Sharons/Ricky-Martin.html

CLUB DE FANS

International Fan Club de Ricky Martin
P.O. Box 13345
Santurce Station
San Juan, Puerto Rico

E-MAIL

rickym@coqui.net

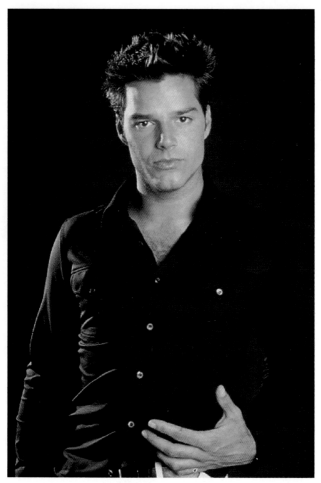

Looking like the star he is!

¡Pareciendo como la estrella que es!

Photo by A.P.R.F./Roce/Shooting Star®

Ricky rocks the house at the San Remo Festival,
in San Remo, Italy.

Ricky conmovió a la multitud al Festival de San Remo,
en San Remo, Italia.

Photo by Mark Allan/© 1999 by Globe Photos Inc.

High off his win as well as his spectacular performance,
Ricky proudly displays his Grammy® Award for Best Latin
Pop Performance to the press.

Excitado después de su triunfo y tambien su actuación
espectacular, Ricky muestra con orgullo su Grammy®
por Mejor Actuación de Pop Latino a la prensa.

Photo by Doug Miller/© 1999 by Globe Photos Inc.

Ricky with TV presenter Rebecca de Alba, his on-again, off-again girlfriend at the 1999 Grammy® Awards.

Ricky con TV presentadora Rebecca de Alba, su novia a intervalos, a los premios Grammy® de 1999.

Photo by Lisa Rose/© 1999 by Globe Photos Inc.

Ricky with Lily Melgar, his costar on *General Hospital* and
real-life love interest, at an ABC party.

Ricky con Lily Melgar, su co-estrella en *General Hospital*
y interés amorosa en la vida real, en una fiesta de ABC.

Photo by Miranda Shen/© 1995 by Celebrity Photo Inc.